AF607448

DOCE DISPAROS Y OTROS RELATOS

Elda Caridad Montero

Aliarediciones

Corrección: Inés González Calo
Diseño de cubierta: Mónica Morales
Ilustración de cubierta: Emmanuel Luna
Maquetación: Aliar Ediciones

Depósito Legal: GR 86-2026
ISBN: 979-13-88058-54-7

Impreso en España

Edita
ALIAR Ediciones
www.aliarediciones.es
info@aliarediciones.es

DOCE DISPAROS Y OTROS RELATOS

Elda Caridad Montero

En especial, a mis hijos y a mi padre, que son mi fuerza, mi orgullo y mi mayor inspiración.

A toda mi familia y a los amigos de siempre, por su cariño constante y por estar siempre ahí.

ÍNDICE

RELATOS

CRÓNICAS COTIDIANAS Y OTROS MENESTERES

Relatos

La victoria sabe a caldo de gallina

Mi tío Tomás era el más divertido de la familia. Los fines de semana le esperábamos en la casa de mi abuelo en aquel pueblo polvoriento y abrasado por un calor casi infernal que es La Villa del Rosario. Aguardábamos su entrada triunfal y sus cuentos terroríficos para las noches sin luna en el patio de la vieja casa.

Allí nos reuníamos dieciséis primitos a escuchar las historias de espíritus que volvían del más allá sin otra razón que aterrorizar a los humanos. Cuentos que nos espantaban el sueño y nos alborotaban la tranquilidad. Las historias transcurrían entre nuestro más absoluto silencio y la mirada alerta ante cualquier sombra que la imaginación transformara en un fantasma.

Inolvidable, la historia de la monja que en sus breves apariciones en el pasillo de la casa dejaba un olor a incienso de rosas, o la de la mujer que respondió con ojos de fuego a las propuestas indecentes de dos borrachos en medio de la calle.

Mis padres me reñían por escuchar las historias, no porque me causaran un trauma, sino más bien por la incomodidad que mi miedo causaba en su descanso matrimonial.

Una noche a mi padre le dio curiosidad y se unió a nuestra velada. En esa sesión me sentí segura al lado de él, los espíritus nunca asustarían a la gente buena y noble como mi papá.

Tomás abrió el terror con la historia del fantasma que habló con mi tía Neli, un episodio en la familia que la catapultó a la fama de valiente y a la admiración de todos sus sobrinos, y que condenó para siempre la habitación donde había sucedido tal conversación.

Siguió con el cuento del hombre flotante sin pies, pero que sin embargo había dejado una huella en el suelo de la habitación de la abuela. Esa noche observamos pálidos del susto un pie de adulto, una marca evidente del más allá, la prueba indiscutible de mi asustadiza infancia. Sentada al lado de mi padre podía sentir seguridad a pesar de su entusiasmo con los cuentos, pero de pronto esa seguridad se esfumó porque él con la seriedad y la experiencia que dan los años nos contó la noche en que jugó con el diablo, sí, con el mismísimo Lucifer.

Fue una noche oscura en Santa Bárbara del Zulia, allá por el año cuarenta y tres del siglo pasado cuando no había más que la luz de la luna para alumbrarse. Él y un puñado de amiguitos se dispusieron a jugar al escondite bajo la oscuridad. Al momento de comenzar la partida llegó un niño desconocido a unirse a la pandilla. El nuevo integrante tenía una habilidad excepcional para «quedársela», nunca perdía, era intrépido y libertaba a todos con una gran capacidad. Algo fuera de serie, un superdotado del escondite.

Con la inconformidad que da en varias rondas de juegos tener siempre el mismo ganador, los niños se dispusieron a averiguar el secreto del desconocido campeón. Se descubrió en el momento que mi papá le ganó la partida, fue cuando ante la discusión de culparlo de cometer picardía pudieron observarlo con detenimiento. Fueron sus pies que lo delataron, no tenía, en vez de ellos poseía dos grandes y mugrientas patas de gallina ligeras que le otorgaban tal velocidad. «¡Es el diablo, es el diablo!», gritó mi papá, con rapidez puso sus chanclas en cruz para alejar al pequeño demonio, el cual escapó con velocidad con un aullido entre la penumbra. Nunca más volvieron ver a aquella criatura y según él aprendieron la lección de no jugar más al escondite en las noches oscuras y de la eficacia que tiene un crucifijo así sea improvisado.

La ronda terminó con los pelos de mi papá en punta, el asombro de mis primos pensando que el tío Vinicio, el mismo que hacía malabares con las naranjas antes de preparar el zumo había tenido un juego diabólico. Yo acabé con el corazón acelerado y confundida, ahora ya no tenía quien me protegiese de los fantasmas, ¿cuál sería mi refugio si el más allá no respetaba ni el bien ni el mal? Me sentí perdida en nuestro mundo de vivos acechado por los muertos.

Esa noche con más miedo que nunca me fui a dormir de nuevo en su cama, está vez más al ladito de mi mamá, pensando que en cualquier momento el diablo vendría a pedirle la revancha. Yo estaría presente, escuchando el chasquido de sus uñas acercándose, ya adulto en pantalones largos, desafiante, despertando a mi padre de un pinchazo en la barriga con su tridente. Saliendo a la noche oscura a ajustar cuentas en un juego quizás sin retorno.

En la mañana me desperté en otra habitación con los buenos días de un papá sonriente y tranquilo invitándome a desayunar. Allí en la mesa estaba la familia entera desayunando con el café recién colado, quejándose del calor que inauguraba el día y del montón de platos que habría que lavar tan temprano.

El último recuerdo que tengo de ese día es el de mi padre preparando una gallina al atardecer para el caldo de la cena. Le torció el pescuezo hasta que dejó de cacarear, la metió en agua hirviendo y la desplumó con habilidad, la tumbó desnuda sobre la mesa y de un cuchillazo en seco le cortó las patas que volaron directo a la basura. En ese momento recuperé la seguridad y el sosiego que había perdido y me tomé en la cena el mejor caldo de gallina de mi vida.

Aún puedo saborear en mi memoria el gustillo de la victoria.

El evangelio según Dámaso

Dámaso era el pastor evangélico que llegó una tarde de abril al pueblo en un Fiat Luxus 127.

En poco tiempo se hizo con el control de una treintena de fieles a punta de cantarle a Dios con su guitarra y su bella voz. Tenía labia y ese atractivo indefinible que poseen algunos hombres sin ser guapos. Armó su lugar de culto en un descampado en donde los domingos, cuando refrescaba la tarde, los evangélicos del pueblo se reunían a adorar al Señor.

A Dámaso lo conocí a mis ocho años en casa de los abuelos. Mi abuela era una mujer arisca y de mal genio que se hizo evangélica para probar si Dios le quitaba esa forma de ser. El recién estrenado pastor le aconsejó cambiarse a su religión para ablandar su carácter porque la fe católica con su confesión, sus penitencias y el perdón no había dado buenos resultados, y aunque se entregó al Jesucristo de Dámaso con fervor, este nunca pudo domar su personalidad temperamental.

Según Dámaso, la abuela se había convertido en una cristiana ejemplar porque daba generosos diezmos para construir una iglesia decente. Para las pocas evangélicas ricas que había en el pueblo era inconcebible no tener un techo, y suspender las liturgias por la lluvia que el mismísimo Dios mandaba como señal de que no podían seguir con la miseria de adorarle a la intemperie sentados en unos taburetes de plástico.

El pastor iba a visitar a mi abuela para conversar de la palabra de Dios y de paso ver a mi tía menor que era una de las muchachas más bonitas del pueblo. Era mi tía preferida, tocaba el órgano con sus manos angelicales, y si bien el instrumento estaba reservado para hacer sonar canciones cristianas, a veces complacía a los sobrinos tocando *rock*, música pecaminosa en opinión de la abuela.

Aunque yo era una niña pequeña miraba al pastor Dámaso con detalle, tenía los ojos dormilones como los de Rocky Balboa y siempre andaba con la guitarra colgada en la espalda. Una vez le pregunté por qué tenía las uñas largas, me respondió que era para sacarse mejor los mocos y se metió el dedo meñique en la nariz para demostrármelo. Me llamaban mucho la atención sus camisas de flores de colores vivos y sus pantalones acampanados porque mi abuelo decía que así se vestían los marihuaneros. Yo inventaba jugar al escondite con mis primos cuando Dámaso estaba en casa de mi abuela para esconderme detrás del sofá donde se sentaba y escuchar la conversación que mantenía con mi tía. Con frecuencia se fastidiaban de hablar tanto de Dios y pasaban a temas mundanos, a besarse y a cogerse de las manos.

Dámaso introdujo el evangelio moderno en el pueblo para educar a sus fieles de otra manera que no fuera la exposición oral de los castigos del Señor, por eso inventó unas funciones de cine los sábados en casa de la abuela para enseñarle a su rebaño las nefastas consecuencias del pecado a través de películas.

Mis primos y yo nos sentábamos en el suelo en primera fila para ver de cerca la proyección casera esperando alguna enseñanza bíblica tipo Disney, una ballena animada que se comía a Jonás por desobedecer o la multiplicación mágica de panes y peces de parte de un Jesucristo rubio con pinta de príncipe.

Pero no, la película más que cristiana parecía de terror, películas donde los borrachos y las putas caían fulminados por la ira divina. Esa escena me dejó en la infancia el miedo en el cuerpo cada vez que veía a mi padre y a mis tíos pasados de tragos de ron en las fiestas familiares. Pensaba que se iban a morir de sed suplicando una gota de agua y el perdón como en ese infierno *kitsch* decorado con sábanas de satén rojas y fuego hecho de papel crepé que salía en las películas.

El carisma de Dámaso y sus ideas innovadoras para predicar el evangelio cada vez atraían más fieles y más dinero para la construcción de la iglesia. La abuela le entregaba sobres llenos de billetes de los grandes que sacaba de entre sus sujetadores. El pastor le agradecía con un «Dios me la bendiga» y le contaba con entusiasmo las novedades de la compra de los materiales para alzar el templo en poco tiempo.

A mí no me gustaba ir para los cultos porque el sermón me parecía aburrido, pero la abuela insistía en llevar a los nietos para encaminarnos desde chiquitos en los senderos de Jehová. Un día Dámaso propuso hacer una obra de teatro para representar el domingo de resurrección. A mi abuela le entusiasmó la idea y nos recomendó como actores. Seríamos angelitos vestidos con un disfraz de tela celeste brillante. El pastor le entregó a la abuela el libreto en una hoja amarillenta que arrancó de un cuaderno de cuadritos.

El domingo de la presentación yo tenía mucha vergüenza y miedo porque pensaba que se me iba olvidar el guion. Antes de salir al escenario improvisado se me estaba cayendo una cintica dorada que llevaba en la frente y como la abuela estaba lejos entre el público, me acerqué a Dámaso para que me la acomodara. Él sonrío y me dijo con su voz suave que era la angelita de ojos verdes más bonita que había visto.

Ese día al descampado evangélico no solo fueron los fieles, sino también curiosos que se acercaron a ver el espectáculo. Al salir del culto para ir a casa pasó un coche con cinco hombres que gritaron a todo pulmón con ánimo festivo: «Déjense de tanto Cristo y vayan a tirar, nojoda». Yo no entendí, pero mis primos más grandes soltaron unas carcajadas y me contagiaron la risa. La abuela nos regañó diciendo que no festejáramos las ocurrencias de Satanás.

En una comida familiar la abuela estaba muy contenta contando de los cuatro sacos de cemento y un par de cabillas que estaban amontonados en una esquina del descampado anunciando la construcción de la iglesia. A mi abuelo no le dio alegría porque el odiaba a los evangélicos y dijo que esa iglesia sería suya porque la iban a construir con la plata que aportaba la abuela y que no era más que la que él sudaba en su finca trabajando desde las cinco de la mañana. La hora de la comida como siempre empezó a ponerse tensa porque la mesa era el lugar escogido por ellos para manifestar su nulo amor.

Un domingo de agosto el sermón se retrasó. Los fieles estaban preocupados porque Dámaso siempre había sido muy puntual. Empezaron a pensar que algo malo le había ocurrido, un accidente de coche o algo así, porque a veces pasaba por la calle principal del pueblo a toda velocidad. Una señora sugirió acercarse a su casa, pero nadie sabía dónde vivía. Después de una larga espera el pastor no apareció y la gente volvió a sus casas.

A la abuela le extrañó mucho porque durante la semana Dámaso no había ido a la acostumbrada reunión bíblica con la tía, y el sábado que lo esperó con las sillas acomodadas para la función de cine tampoco apareció. El abuelo dijo a gritos que Dámaso se había ido lejos del pueblo con el dinero de la iglesia porque él supo desde el primer día que ese malnacido no era evangélico un carajo. A la abuela no le gustó y refutó con furia lo que dijo el abuelo, pero el domingo siguiente y los sucesivos confirmaría que Dámaso era el estafador que llegó una tarde de abril al pueblo en un Fiat Luxus 127.

Doce disparos

Cuando el vecino hizo los doce disparos para celebrar la llegada del año nuevo, mi abuelo del susto se atragantó con una uva. Enseguida el tío Jacinto le dio dos manotazos en la espalda que por poco le hacen escupir un pulmón, pero mi padre con más agilidad lo levantó por la cintura y de un solo apretón lo salvó de morir en medio de la fiesta. Nadie se extrañó con el acontecimiento porque estábamos acostumbrados a que el vecino con su pistola nos jodiera todos los treinta y unos de diciembre.

Toda mi familia solía pasar las vacaciones navideñas en casa de los abuelos y, mientras los grandes hablaban de sus cosas, los pequeños echábamos unas partidas de fútbol en el patio de la casa. Era un terreno grande con suficiente espacio para correr y un árbol de mango frondoso que cobijaba los juegos. La diversión acababa cuando alguien pateaba la pelota de más y la enviaba a casa del vecino. De allí no volvía, se quedaba inmóvil para la posteridad.

Del vecino solo sabíamos que se llamaba Zacarías, pero mi primo Pilicho lo apodó el Zaca desde que escuchó decir a la abuela que ese hombre no se merecía un nombre bíblico. Era un señor con la actitud insólita de no devolvernos las pelotas.

Mi abuelo nos prohibió con mucha seriedad que le pidiéramos las pelotas al Zaca. Si hacía falta él nos daría dinero para comprar otras. «A ese hombre déjenlo tranquilo», nos dijo el yayo con fastidio.

Para nosotros el patio infranqueable del vecino lleno de balones nuestros custodiados por un pastor alemán feroz, era más grave que los doce disparos con los cuales casi muere el abuelo.

Con frecuencia arrastrábamos una silla y nos asomábamos de a poquito por encima del muro con la idea de rescatarlas. Debíamos andar con cautela. Zacarías tenía pistola, festejaba el año nuevo a tiros, y se quedaba con nuestros balones. Un mal tipo.

Yo quería recuperar al menos la pelota de Mickey Mouse que me había regalado el tío Jacinto por promocionar para el tercer curso de primaria. Rebotaba mucho, y Mickey tenía un traje elegante con un corbatín de purpurina que brillaba en la oscuridad. No estaba muy lejos de la pared, así que con algo de astucia nos haríamos con ella de nuevo.

Una vez Pilicho se asomó y vio un sombrero que iba de aquí para allá, oyó unos martillazos y se bajó con el corazón acelerado.

—Seguro que come niños y está preparando uno —dijo el primo Benjamín—. A los malos les gusta la carne de los niños porque es blandita y huele bien —concluyó quitándose los mocos con la manga de la camiseta.

A pesar de todo estábamos decididos a recuperar nuestras pelotas y cada día ideábamos un plan. Ya sabíamos la hora exacta del almuerzo del pastor alemán. Veíamos cómo se le hinchaba la barriga y caía en una siesta profunda, por lo que si saltábamos al patio y nos movíamos con discreción quizás no se despertaría. El encargado de ir por su propio pie a buscar las pelotas por decisión unánime sería Pilicho, el máximo goleador, corría con velocidad en los juegos y sabía vencer obstáculos con destreza.

Para ello, cogimos una escalera de madera y la apoyamos a la pared del lado del Zaca. Pilicho estaba bajando con cuidado, pero estornudó y despertó al perro. Subió con prisas pálido del susto pensando que era una acción muy arriesgada. Nos acordamos cuando la gata de la abuela cruzó la linde y la fiera la mató. El Zaca arrojó el cadáver que apareció sin ojos en medio del patio. Era mejor evitar que el vecino nos devolviera un primo muerto.

Para no ponernos en peligro ensayamos el rescate con un lazo del oeste. Después de un rato comprobamos de que este funcionaba con los caballos, mas no con las cosas redondas.

A mí se me ocurrió la idea de rescatarlas con un cazamariposas. Con medio cuerpo del lado del Zaca y los primos sujetándome por los pies traté de alcanzar la pelota de Mickey. Los nervios me hicieron sudar las manos y el cazamariposas se me escurrió.

Al día siguiente nos encontramos el cazamariposas en el patio del abuelo. El Zaca lo había devuelto. ¿Por qué el cazamariposas sí y las pelotas no? Nos estaba hablando, sin duda eso era una señal. ¿Qué pasaría si nos pillaba? Nos cazaría por la cabeza con nuestro propio instrumento. Ya no serían doce disparos para celebrar el año nuevo, serían solo cuatro tiros a quemarropa, uno por cada primo. El asunto nos mantuvo intranquilos, pero no pudo doblegarnos. En las películas que veíamos en las matinés los buenos siempre ganaban. Haríamos más intentos.

Pilicho se asomó de nuevo al patio para analizar la estrategia que usaríamos en el próximo asalto. Estaba pensando en voz alta y de repente se quedó en silencio. Se giró hacia nosotros extrañado y con cara de asco nos dijo que vio como un caracol de carne al lado de la pelota de Mickey.

Quisimos ver aquella cosa. Martín, que se creía ingeniero de la Nasa, fue por la vara larga con la que el abuelo tumbaba los mangos maduros y le amarró un tornillo grande en la punta. Con ella Pilicho pinchó el caracol de carne y lo trajo a nuestro terreno. Nos quedamos pasmados, esa cosa no era un caracol, era una oreja humana con sangre que empezaba a coagularse.

Decidimos entre todos no decirle nada a los mayores del hallazgo porque nos ganaríamos un buen castigo por andar trasteando el patio del vecino sin permiso. La pusimos en una cajita y la enterramos a la sombra del árbol de mango.

—Las orejas saben mal, yo en preescolar le mordí una a un compañero y me supo amarga —dijo Benjamín mientras hacía una cruz encima de la sepultura.

Los domingos, temprano, el abuelo acostumbraba a leer el periódico en voz alta en el patio acompañado de la brisa fresca de la mañana. Su lectura fue interrumpida por una voz ronca, furiosa, que protestaba en la casa de al lado. No entendimos muy bien sus palabras, solo alcanzamos a escuchar algo como que le habían estado revolviendo el patio y le desgraciaron la siembra de perejil. Un fuerte balonazo retumbó la pared.

Al abuelo se le descompuso la cara, cerró el periódico con desagrado y se fue a preparar un café a la cocina.

Nos miramos todos con asombro mientras oíamos aquella voz de ogro. Era el Zaca y andaba cerca, ¿estaba enfadado por nosotros?, ¿echaba de menos la oreja? ¿Era el perejil la especia con la que nos iba a condimentar si nos descubría?

Mi abuelo volvió al patio con la taza de café humeante en la mano, nos miró y dijo:

—Ustedes están como raros, ¿no? —Y sopló el café.

Tenía razón. Ya el miedo nos había matado por dentro.

La voz tenebrosa del Zaca hizo que nos alejáramos de su patio y olvidarnos de los balones, no queríamos terminar hechos una boloñesa. Nos fuimos a jugar en la plaza del pueblo, pero no era lo mismo. Sin la tensión de perder la pelota en el patio del vecino se nos hizo la partida aburrida.

De pronto una algarabía reventó en la calle y nos sacó del aburrimiento. Una alarma policial llegó aplacando los gritos de la multitud. Fuimos corriendo a ver qué pasaba: habían atrapado a un ladrón. Vimos cómo los policías lo metían a empujones esposado en el coche. Era alto, flaco y le faltaba una oreja.

Mientras se alejaba, nos miró a través de la ventanilla como si nos conociera, como si le debiéramos algo.

Volvimos a casa y contamos emocionados lo sucedido, sintiéndonos parte de un filme de acción.

Al día siguiente, durante el desayuno, el abuelo expresó que estaba pensando comprarse un perro guardián.

—Al ladrón ese que vieron ustedes —nos dijo señalándonos con el cuchillo impregnado de mantequilla—, un perro le desprendió la oreja izquierda. Según dice el periódico estaba huyendo de un robo, se resbaló con una pelota y un pastor alemán se la arrancó —concluyó dándole un mordisco a la tostada.

Algo en nosotros resucitó. Seguiríamos intentando recuperar las pelotas.

El zamuro Carmelo

A mis hijos, que han crecido escuchando las historias de Maracaibo. Una ciudad donde un zamuro es una mascota, un gallo se cree paloma y las iguanas caminan en dos patas entre los estudiantes universitarios.

En mi casa hubo un alboroto cuando mi padre cruzó la puerta con ese inmenso pájaro herido en sus brazos. Mi madre enseguida fue corriendo a su habitación a buscar el agua bendita que guarda en un frasquito para las urgencias, porque cree que los animales negros traen mala suerte.

Mamá me mandó a cubrir la mesa con periódicos para recostar al pájaro que tenía mirada de dolor y la pata ensangrentada. Mi hermano fue corriendo a buscar a Fermín, el vecino veterinario por orden de papá. Cuando el veterinario entró a casa, le dijo a mi viejo que su especialidad eran los gatos, pero haría todo lo posible para salvarle la vida. Mientras mi padre sostenía las alas del pájaro que aleteaba con el reconocimiento médico, contó por qué había traído al animal.

Papá es taxista y lo llaman Vinicio «Meteoro» García. En unas de sus alocadas carreras, el zamuro se estrelló contra el parabrisas del carro y, aunque era un ave fea y carroñera, le dio lástima verla herida y pensó que no se puede ser tan mala gente dejándola sufrir allí tirada.

—¿Vos me entendéis, Fermín? —preguntó al veterinario.

Fermín asintió con la cabeza y después de vendarle la pata y curarle las alas, dijo que tardaría varias semanas en recuperarse para poder volar, así que tendría que quedarse algún tiempo en casa. Mamá pegó el grito al cielo porque no quería un pájaro que avisa desde el aire dónde hay animales muertos, pero a pesar de todas las discusiones se quedó. Mi hermano sugirió llamarlo Carmelo mientras estuviera en casa porque solo zamuro le parecía muy común y corriente. Todos estuvimos de acuerdo, aunque mamá torció los ojos y arrugó la boca en señal de no estar muy convencida.

A Carmelo lo dejamos en el patio. Mi madre dijo que mientras ese animal estuviera en nuestra casa no comería carroña, y se dedicó a enseñarle a comer frutas limpias. En poco tiempo descubrimos su predilección por los mangos más dulces, como también me gustaban a mí.

Un día que mi viejo llegó del mercado encontró a mamá cocinando con las cortinas cerradas. Se quejaba del calor y de las cosas que tenía que aguantar en esta casa, aguantar cómo ese pájaro la miraba con atención mientras cocinaba, como si quisiera aprender, y juró por la abuela, que en paz descanse, que lo vio sonreír. Papá la miró sorprendido y le contestó que con semejante calorón cualquiera veía cosas raras, abrió las cortinas de un solo tirón y nos llamó: «Carlos y Luisa, vengan a comer».

A mí Carmelo me daba un poco de respeto porque era muy formal, por más que lo miraba no me sonreía como había dicho mamá. Yo quería más bien que fuera un perro de esos que se ríen con la cola cuando uno llega de la escuela, pero tuve que conformarme con un zamuro con el cual no hacía más que observar cómo cojeaba con la pata vendada y picoteaba los mangos caídos al suelo.

A la semana volvió Fermín para ver cómo seguía. Mi madre le preguntó si lo podía bañar porque un día aleteó con fuerza y le salió mugre de las alas. Fermín dijo que nunca había visto un zamuro limpio, pero si esa era su voluntad, podía hacerlo. En la tarde mamá no dudó y lo bañó a baldazos persiguiéndolo por todo el patio. Carmelo protestaba batiendo sus alas y se cambiaba de lugar esquivando el agua con champú de bebé que había preparado para él.

—¿Veis?, ahora sois un pájaro decente —dijo.

Aún mojado vimos cómo Carmelo era de un negro resplandeciente. Yo creo que empezaba a quererlo porque era el único que la acompañaba en sus solitarias mañanas desde que perdió su trabajo.

Pasaron tres semanas y Carmelo seguía en casa. Fermín llegó un domingo para quitarle las vendas y darle el alta. El zamuro no opuso resistencia. La pata estaba perfecta, le faltaban varias plumas en las alas por las cicatrices de las heridas. El veterinario dijo que ya estaba listo para volar y volver a su vida. Cuando terminó la consulta médica, mamá lo invitó a un café y le confesó que iba a extrañar al bicho ese. Fermín le acarició el hombro diciéndole que la vida salvaje tira más que la doméstica, los animales son así y no se puede ir en contra de la naturaleza.

Ese mismo día parecía que Carmelo había olvidado la habilidad de volar porque seguía en el patio junto a papá que estaba oyendo el partido de béisbol en la radio, cogiendo el fresquito de la tarde. Creo que estaba confundido escuchando sobre unas águilas jugando a la pelota. Mi viejo le explicó que no eran pájaros sino hombres que le habían puesto ese nombre al equipo: Las Águilas de Maracaibo.

—Y vos, Carmelo, tendréis que ser de las Águilas, porque, aunque no seáis de alcurnia como ellas sois de su misma especie, ¿no? —le preguntó papá.

Eso de ser de las Águilas no le gustó, porque en ese instante alzó el vuelo y papá nos llamó para despedirlo, Carmelo daba vueltas encima de la casa, cada vez más alto, más lejano. Mi hermano y yo le decíamos adiós con la mano, mi madre le deseó suerte y le dijo a gritos que no se olvidara que alimentarse con frutas era más saludable que comer animales podridos. Lo vimos desaparecer como un puntito negro entre las nubes y el rosa naranja del atardecer.

A la hora de la cena no hubo mucha conversación, se respiraba un poco la tristeza por la partida de Carmelo, nos habíamos acostumbrado a ver al pájaro de pie, silente bajo el árbol de mangos.

Mamá acostumbraba a recoger del suelo los mangos explotados después que mi hermano y yo nos marchábamos al colegio. Un día estaba hablando sola de lo mucho que habían subido los precios, en especial la factura de la luz, cuando de pronto escuchó un ruido. Era el aletear de Carmelo aterrizando bajo la mata de mangos. A mi madre se le descompasó la respiración y quedó petrificada ante el animal que batió con fuerzas sus alas para saludarla.

—¡Qué susto, Carmelo! —exclamó—. Yo pensaba que no te iba a ver nunca más, es bueno saber que aún existen criaturas agradecidas en este planeta, ¿me venís a visitar? —le dijo sonriendo y ofreciéndole la cesta de mangos.

Y así fue como Carmelo se hizo nuestra mascota por puro agradecimiento, daba sus paseos diarios para hacer sus vagabunderías, como decía mamá, pero siempre estaba puntual en casa al atardecer.

Los vecinos empezaron a extrañarse de ver un zamuro solitario volar bajo en la urbanización a la misma hora. La señora Mercedes decía que ese pájaro iba a traer malas noticias porque ella vio cómo Carmelo con su vuelo dejó una estela de escarcha como los aviones, pero en negro, y como ella era una especie de detective en la cuadra, empezó a investigar el lugar exacto donde aterrizaba el pájaro.

En cuestión de días ya sabía que era nuestra mascota, porque un sábado fue a hacerle una visita a mi madre a la hora justa de la llegada de Carmelo. Tomaban el café en el patio en la tarde cuando Carmelo regresó a casa. Mercedes casi se quema la mano del susto al ver al pájaro.

—Yo creo que viene a sacarnos los ojos, Teresa —gritó con la mano temblorosa, escondiéndose en la cocina.

—No, Mercedes, los que sacan los ojos son los cuervos y solo a las malas madres que malcrían a sus hijos —dijo mamá tomando un sorbo de café con tranquilidad.

Mercedes se encargó de decir por el barrio que los García teníamos un zamuro como mascota. A todos les pareció muy extraño, así que quisieron verlo con sus propios ojos y recibimos una lluvia de visitas de vecinos curiosos que miraban cómo Carmelo se paseaba por el patio con parsimonia y hasta con elegancia como si tuviera puesto un esmoquin, contaba el señor del abasto a cada cliente que llegaba a comprar.

Carmelo todas las mañanas nos acompañaba al colegio caminando a nuestro lado, nos dejaba en la esquina y emprendía el vuelo. A mí todos me preguntaban, incluidos los maestros, si ese pájaro carroñero negro con tan mala fama, de setenta centímetros de tamaño, con las patas blancas, una cara arrugada y gris como el casco de hierro fundido de un caballero, no era malvado.

En el barrio nos miraban con asombro porque no teníamos un perro o un gato como mascota. Yo a todos les quería contar esta historia, de cómo llegó Carmelo a casa, la mascota más asombrosa de la ciudad. El fiel compinche de mamá que la acompañaba en sus salidas y nos esperaba en la esquina al salir de la escuela ante la mirada curiosa de los alumnos. Quería contarles también cómo nos sentíamos de bien cuando Carmelo nos escoltaba sobrevolando el coche familiar, arropándonos con sus alas cuando papá nos llevaba a comer helados y a ver las fuentes de colores del parque.

Su volar infinito en el cielo clarito de Maracaibo nos acompañó durante más de una década.

Y hasta hoy, Carmelo come mango y vuela en los recuerdos de mi familia.

Papatino

Mi abuelo era un hombre bajito, buenmozo, de ojos azules, impecablemente limpio y perfumado, usaba piyamas largos de color celeste. Comía en plato aparte con cubertería y vaso de plata, hacía la siesta en una hamaca en la cual solo era permitido mecerse a las nietas recién bañadas. Le llamábamos Papatino, era descendiente de canarios y un terrateniente que conquistó su tierra y sus vacas lecheras montado en una mula desde su más tierna juventud.

Somos catorce nietos y dos nietas que los sábados y domingos íbamos a Rosario, a visitar a la familia.

Mi abuelo nos paseaba por turnos despacito, a treinta kilómetros por hora, alrededor del pueblo en su Ford Impala. El paseo terminaba con un helado en el cine que regentaba un argentino y en donde vi en función de matiné las peores películas de mi vida.

Una vez, y en secreto, un secreto que guardamos mi prima y yo hasta después de su muerte, Papatino nos llevó a casa de su amante. Fue la única vez que vi aquella mujer que causó tantos fines de semanas dignos de un culebrón criollo, llenos de discusiones con portazos y lloriqueos en la familia que terminaron por enfermarle el corazón. A mis siete años no comprendía cómo aquella mujer morena de pelo larguísimo y ondulado que se columpiaba en una mecedora mirando a mi abuelo, mientras mi prima y yo comíamos un plato de friticas con queso y un café con leche que nos había preparado con esmero y hasta con cariño, podía causar tanta discordia.

Comimos en silencio balanceando las piernitas entre las patas del taburete lo que nos parecía la merienda maldita, la sentencia que nos condenaría al infierno, las friticas de la traición familiar.

Uno de los días más felices del año de mi infancia junto a Papatino era el treinta y uno de diciembre porque mandaba a construir un «año viejo», un muñeco hecho con armazón de palos, relleno de periódicos y vestido con ropas viejas repleto de petardos que sentábamos en el frente de la casa hasta las doce de la noche, hora en que era quemado con sendas explosiones después de darnos el abrazo de feliz año.

Papatino nos llevaba a su finca en el cajón de una camioneta pick-up. Cosa impensable en estos tiempos. Dieciséis muchachitos de tres a doce años sin cinturones, al aire libre y retozando con peligro. Al llegar a la finca, mientras el abuelo hacía las cuentas, los varones libraban una batalla campal en la cual las balas eran mierda de vaca, se subían a los árboles a coger ciruelas, cotuperís y tamarindos y se dedicaban también a amedrentar a los becerros para disgusto de Papatino.

Ante la insistencia e imposibilidad de prohibir los baños de los nietos debajo de una tubería de riego agrícola donde el agua salía con tanta fuerza y grosor que nos bajaba los *shores* y nos clavaba en el barro, y los improvisados baños en los tanques donde las vacas tomaban agua, Papatino mandó a construir un pilón en forma de ocho para la alegría de todos.

Un domingo en que aún el cemento no estaba del todo seco, la familia entera fue a la finca a disfrutar de un sancocho. Insistimos en darnos un chapuzón y, ante la impertinencia de tantos carajitos necios, el abuelo mandó a llenar el pilón diciendo: «Llenen esa vaina y que sea lo que Dios quiera», con la despreocupación de quien tiene unas cuantas cervecitas encima.

Ese domingo nos divertimos un montón, hasta que uno de mis primos abrió el grifo y el pilón no pudo más con tantos muchachitos chapoteando y explotó. Se reventó repartiendo primitos en todas las direcciones ante los intentos apresurados de los padres por atajarlos en viaje. Por suerte a mí me estaban secando encima de una mesa cuando sucedió el reventón. La cosa no pasó más de ser un susto y de unas cuantas rodillas con raspones.

Meses después hubo un intento de arreglar el pilón, le levantaron media pared, pero nunca fue terminado, nos calmaron la inquietud de los baños con la promesa de una flamante piscina que nunca fue construida. Creo que para entonces había que preocuparse más por la historia paralela de amor de Papatino que se prolongó hasta el día de su muerte.

A mi abuelo le llegó la muerte de repente una noche a los sesenta y tres años. Recuerdo muy bien este episodio familiar porque fue el primer muerto de la familia. Los nietos estuvimos abandonados durante el funeral porque los grandes no tenían tiempo para otra cosa que no fuera llorar. Fue el primer cadáver que vi en directo, acostado en el ataúd aún con la piel lozana y como durmiendo, con las manos entrecruzadas sobre el abdomen con una pequeña mancha negra que despertó la curiosidad entre los nietos, y que muchos años después descubrimos que era un simple moratón. Su entierro fue popular, lo acompañó mucha gente bajo un sol inclemente que sin embargo no pudo menguar la tristeza de la familia.

Algún tiempo después, aún con la muerte fresca, hubo un acontecimiento que haría una pequeña pausa en el desconsuelo familiar. Recibiríamos en casa de mi abuelo el pésame en persona de un expresidente que luego repetiría la jefatura del país, y según decían mis tíos, había favorecido a Papatino con la reforma agraria nacional en su primer gobierno. Aprovechó su estadía en el pueblo en medio de su campaña política para ganar votantes entre los ganaderos, una fuerza económica importante en la zona.

En una semana no se habló de otra cosa que no fuera la importante visita. Nos advirtieron, con los ojos grandotes y señalándonos con el dedo cerca de la cara, cuál debía ser nuestro comportamiento cuando llegara el presidente. Recuerdo con exactitud y como si fuera una película su entrada festiva en la casa acompañado de un bojote de guardaespaldas y simpatizantes, entre la algarabía de medio pueblo en el frente de la casa. Nos vistieron con nuestras mejores galas y nos pusieron en fila, y tal fue el efecto de la advertencia de los mayores que parecíamos muchachitos de piedra. Fue una visita rápida que solo dio tiempo para un apretón de manos, unas breves palabras de consuelo, unas cuantas fotos, los votos en las elecciones de toda la familia y la fidelidad a su partido político para siempre. Lo acompañamos hasta la puerta y lo vimos perderse levantando los brazos con euforia entre la multitud.

Después de este breve episodio y cuando todo volvió a la normalidad, con su muerte la vida familiar no volvió a ser la misma. En mi memoria persiste el recuerdo de verlo caminar por el pasillo, recién llegado de la finca con el olor de bosta de vaca de sus botas, la camisa a cuadros, su sombrero de pajilla de cinta negra, sus ojos color del cielo, su carácter rancio y su extraño placer de pellizcarnos con los dedos de los pies cuando nos deteníamos junto a su hamaca después de su siesta dominical.

Adonis

Adonis despertó temprano en la mañana, se miró en el espejo y vio lo bien que le quedaba el pelo desordenado, se afeitó la barba que ya había empezado a cubrir la belleza de sus maxilares y apretó una pequeña espinilla, una cosa sin mucha importancia que había nacido en su suave mejilla.

Se vistió con una camiseta blanca, unos vaqueros y se calzó unas zapatillas negras de marca. Salió en su coche y la luz tibia de la mañana le iluminaba el rostro resaltando el color de sus ojos. No había mujer que en cada semáforo en rojo no suspirase por Adonis. En la radio sonaba *Californication*, de los Red Hot Chili Peppers, esbozó una media sonrisa recordando su breve pero intensa visita a la costa oeste de los Estados Unidos, donde su hermosura bronceada había causado revuelo en las playas californianas.

Adonis era el galán de turno, el protagonista de la telenovela de las nueve. Encarnaba a un trompetista humilde que enamoraba a una chica de la alta sociedad. Cuando llegaba al set de filmación en el estudio de televisión, las maquilladoras se peleaban por embellecerlo, probaban las últimas novedades en técnicas de maquillaje para resaltar la perfección de sus cejas, la sensualidad de sus labios carnosos, su perfil griego.

Mantenía una secreta relación amorosa con Afrodita, una exactriz que le doblaba la edad, pero que aún conservaba rastros de belleza gracias al bótox. Era conocida como la diosa del amor por su encendido erotismo en la cama. De cara al público se encontraba Perséfone, su novia desde el instituto, una muchacha dulce y alegre, vegetariana, practicante de yoga y devoradora de libros de autoayuda que lo amaba sin condiciones.

Así transcurría la vida de Adonis entre el set de filmación, las sesiones fotográficas, su historia de amores paralelos, las estéticas, el gimnasio y las fiestas. Era tan bello que no le hacía falta cultivar su intelecto. Lo demostró el día que declaró de todo corazón que adoraba la música de Shakespeare en un programa de entrevistas y lo arregló con una espléndida sonrisa a la cual no pudo resistirse la presentadora, perdonándole tan grave error.

Lo que nunca se imaginó Adonis es que el tiempo causaba estragos en la belleza, lo descubrió la mañana que al despertarse observó varios pelos en la almohada. Se llevó la mano a la cabeza y pudo ver cómo se desprendían con facilidad, la calvicie había llegado con la madurez sin avisarle. En ese momento empezó su calvario y su lucha contra el paso de la edad. Era una víctima de las pociones mágicas que ofrecían los laboratorios de cosmética para alcanzar la eterna juventud. Algas marinas para las arrugas, vitamina E para el contorno de los ojos, ácido retinoico para la flacidez del cuello, hasta que tomó la firme decisión de pasar por el quirófano para hacerse unos arreglitos.

De allí salió rejuvenecido, pero sin expresión. Su frente estaba tan lisa como un encerado de colegio, lo cual le ocasionó el rechazo de los directores de *casting* al ver que el galán había perdido la expresividad del rostro, algo fundamental en la profesión de actor.

Ya no era el hombre admirado por su belleza, era una sombra artificial reconstruida de lo que en un tiempo fue. La negación personificada de la naturaleza humana.

Decidió entonces empezar a cultivar su espíritu y, siguiendo el ejemplo de muchas estrellas televisivas, se dispuso a escribir su biografía, pero se dio cuenta que toda su vida estaba publicada en la revistas del corazón y que no tenía nada interesante que contar, salvo el día en que Perséfone perdió su paz *hippie* y le amenazó de cortarle el cuello con unas tijeras de jardinería mientras arreglaba su jardín Zen, a consecuencia de unas fotos publicadas en una revista donde se le veía cenando junto a Afrodita con poses cariñosas en un restaurante lujoso en las afueras de la ciudad.

Comenzaba a sentirse deprimido y pensó que era una buena idea retirarse a su casa de campo, el viento puro del lugar le ayudaría a poner las ideas en orden. Cogió el coche y salió de la ciudad, el día estaba lluvioso y, a pesar de ello, bajó un poco la ventanilla, sintió unas gotas de lluvia en el brazo que le hicieron sentir que estaba vivo, pero al despertar de esa corta sensación, vio un jabalí que se había atravesado con imprudencia en la carretera, tiró un volantazo esquivando al animal que hizo dar tres vueltas al coche saliéndose de la vía.

Adonis murió de camino a buscar su belleza interior, quizás demasiado tarde. La prensa le dedicó unas cuartillas a su muerte siempre resaltando la belleza que lo acompañó. Afrodita lo lloró a escondidas. Perséfone se quedó en un estado de tristeza permanente. La gente lo recordaría bello eternamente.

Comenzaba el invierno.

Camila

En su lugar favorito en el banco de la plaza con vistas al mar, él sacó una fotografía de su bolsillo. Recordó que en ese mismo lugar Camila la había hecho con el sol del atardecer como testigo. Aparecía de perfil, enamorado, con la brisa de fondo como escenario. Sonrió recordando a la niña en bicicleta que detuvo el disparo de la cámara para preguntar si eran novios. Camila dijo que sí, y la niña pedaleando se alejó gritando: «Eres muy bonita para él», y la bicicleta escapando también quedó congelada en la fotografía.

Pensó en la mañana que la vio por primera vez, no hubo mucho tiempo para conocerse porque se miraron y enseguida se quisieron. Camila y su vestido azul para las tardes del sábado en el cual se tumbaban en una hamaca a contarse historias. Ella las comenzaba con seriedad y él las terminaba con finales disparatados y ella se reía. Él le hacía cosquillas y Camila reía aún más y el vestido azul se le revolvía. Cada sábado la quería un poquito más.

Aún pensaba en el instante que Camila le reveló su ombligo perfecto enmarcado en su breve cintura, allí en ese lugar en el cual comenzaba la calidez de su vientre, donde él se abandonaba y quería quedarse para siempre.

Camila y su imposibilidad para el orden, un día ponía algo aquí y al otro estaba allá como sus sentimientos efímeros. Camila dando tumbos en la vida, buscando a tientas un lugar que la definiera, viviendo como un cometa, queriendo volar aún más lejos.

Todavía estaba en su cabeza la noche en que la dejó ir con la misma brisa que la trajo por culpa de su simpleza en el amor. Aún la piensa cada vez que ve el mar.

Él ahora tiene su vida ordenada, con las horas tan perfectas como desabridas, sin la revolución del vestido azul, sin el huracán que desataba su mirada.

No todo es coser y cantar

El día estaba lluvioso. Sofía cogió el costurero y se sentó a coser su último encargo. Antes fue a la cocina y preparó un café que se le antojó amargo como la tarde.

Empezó con la tela roja, procuró hacer las puntadas sinceras recordando la noche que conoció a su marido. Fue en el teatro donde surgió el hechizo, sus ojos vivarachos se cruzaron con los de ella.

El pespunte que dio en zigzag era como su cintura alegre, juguetona y desinhibida en aquella época. Al principio se habían amado de todas las maneras posibles, sin más apuro que no fuera el conocimiento exhaustivo de cada rincón de sus cuerpos.

De todo ello quedaba testimonio en una sábana tejida con sus propias manos durante quince años.

Cada cosido era como las palabras de amor prometidas y olvidadas.

Se le escapó una sonrisa por los gratos momentos, pero se le desvaneció en el mismo instante que la aguja se asomó pinchándole el dedo, una punzada como la mirada indiferente que la convivencia había sentenciado.

Acercó la punta del hilo a su boca, la humedeció y volvió a introducirla con dificultad por el agujero de la aguja. Desde hacía algún tiempo le parecía difícil recomponer todo.

Cogió un retazo de tela verde para unir a un encaje rojo. Con sus manos temblorosas hizo una puntada quebradiza, como su voz al hacer los reclamos para evitar perderlo todo.

La combinación de esos colores le pareció absurda, se levantó a mirar por la ventana. La lluvia había saturado el color del campo. El aire húmedo y pesado le golpeó la cara devolviéndola a su rincón de trabajo.

Desbarató lo cosido con una ira reprimida dejando escapar un largo suspiro, las puntadas le parecieron muy débiles para soportar el paso del tiempo y los vaivenes de la vida. Trató de juntarla con un hilo más grueso, con un zurcido más enérgico apostando por mayor estabilidad. Sin embargo, seguía notando el mal apaño que con seguridad se descosería y dejaría ver sin remedio la realidad de algo que, a pesar de sus esfuerzos, había sido construido a retazos, remendado con un hilo frágil y sin sentido.

En ese instante el trapo en sus manos se le reveló ajeno como una clarividencia: la de coser siempre para los demás.

Cuando escampó, se dispuso a remendar sus heridas y a coser sus propios sueños. Escogió una tela de color azul que le recordaba la inmensidad del mar tibio de donde venía.

Una ola de entusiasmo le batió los sentidos y desde entonces no para de dar las puntadas de su nueva vida.

La ciudad y su lago con olor prestado del mar

Al salir del trabajo, Leo me lleva a casa. Eso me pone muy nerviosa, pero acepto. Me sujeto a su cintura, me toma de la mano indicándome dónde debo colocarla con más fuerza. Le abrazo por detrás con discreción, mis manos sudan. Me muestra también dónde tengo que apoyar mis pies, no es como la tierra firme, temo perder en el trayecto una sandalia. Es mi primera vez en su moto.

Avanzamos, hace calor. El viento caliente me desordena el pelo, con una mano trato de domarlo, es imposible, lo dejo.

En la autopista, con la velocidad, el horizonte alrededor es una línea verde. Giramos a la izquierda para adentrarnos en la ciudad serpenteando los edificios. Es la hora punta. Sorteamos una fila de coches que parece perderse en el infinito, no es correcto, pero Leo es así, impaciente. Nos detenemos en un semáforo, pienso en ese instante detenido, yo abrazada a él solo por las circunstancias. A mi derecha, en un coche, una familia escucha música de niños, el conductor canta animado tratando de calmar a un bebé que llora desconsolado en el asiento trasero. A la izquierda, una camioneta de reparto, el copiloto me guiña el ojo, me bajo con incomodidad un poco más la falda tratando de tapar mis rodillas. Seguimos.

Transitamos frente a la escuela de música. Están los muchachos afuera con los instrumentos en la funda, uno de ellos toca a solas el clarinete bajo un árbol. Nos alejamos dejando a la melodía desaparecer.

Recorremos el centro de la ciudad, el tráfico se desordena aún más, un policía pita y suda a borbotones tratando de acomodarlo con poco resultado. A un lado, el lago en calma desprende un olor prestado del mar, al otro, una ciudad indomable, rebelde, que sus habitantes aman sin saber por qué, como cuando se tiene a un amante complejo, enrevesado, difícil de dejar.

Nos interrumpe el paso un destartalado autobús atestado de gente, por la ventana sale un reguetón que grita el altavoz a todo volumen, en la puerta un muchacho alegre va colgado haciendo la percusión contra la carrocería. Nos indica con la mano que el autobús se va a detener. Baja una mujer joven con una niña dormida en brazos sobre una pequeña toalla que lleva apoyada sobre el hombro.

Adelantamos el vehículo y pasamos frente a una iglesia pintada de azul intenso como en cuento de hadas con un final feliz, me gusta, siempre me ha gustado el color azul. Observo que la pared lateral la tiene desnuda, dejando ver la piedra original de caña y barro atestiguando el paso del tiempo.

Doblamos a la derecha y desembocamos en el parque de mi infancia, me veo a mí misma de niña, corriendo en los puentes junto a mi hermano con un helado en mis manos para ver las fuentes que cambian de color, azul, verde, ahora amarillo, se intercalan, cambian de intensidad, suben y bajan, saltamos de alegría, siento pequeñas gotitas de agua en el rostro, mis padres vigilándonos sentados en un banco. Ya nada es igual, ahora es un viejo parque deteriorado con un exagerado cartel de rehabilitación con propaganda de gobierno. Tiene años así.

Una nube atraviesa el sol despiadado dándonos una pequeña tregua. De pronto, un frenazo inesperado por culpa de un taxista imprudente hace que me abrace con intensidad a la cintura de Leo, me asusto. Leo suelta unos improperios que acompaña batiendo sus manos, se indigna, se calma, voltea hacia atrás, me mira y me pregunta si estoy bien. Me llevo las dos manos al corazón y asiento con la cabeza. Sonrío, él me corresponde. Seguimos.

Nos detenemos en un semáforo antes de salir de la ciudad. Un señor mayor atraviesa la calle, lleva dos bolsas de supermercado y un bastón, sus pies arrastran el paso de los años. Cuando el semáforo cambia a verde el anciano aún no ha terminado de pasar, un coche le pita, el señor alza el bastón amenazante.

Atrás dejamos el bullicio de la ciudad. En la autopista me invade el deseo de dejar caer mi rostro sobre la espalda de Leo. No lo hago, sé las consecuencias, no somos libres. Él ajusta el retrovisor para mirarme por instantes fugaces mientras coordina la conducción. Al darme cuenta intento perder mi mirada en otra dirección para no encontrarme con sus ojos.

Entramos en la urbanización donde vivo en las afueras de la ciudad. Llegamos a mi calle, está vacía, es la hora de la siesta, el calor apremia y la hunde en un letargo. Me bajo, sonrío, Leo me pregunta si todo está bien, le doy las gracias y nos despedimos. Mientras entro a casa, escucho el rugido de su moto alejarse, en su espalda se lleva mis sensaciones. En la puerta le doy vuelta a la llave y pienso cómo nos quedamos debiéndonos la ciudad. Nuestra ciudad.

El brujo

—Catira, ¿quieres que te lea el futuro? —me preguntó poniendo su mano en mi cabeza y obligándome a descruzar los brazos. En ese momento un rayo de una energía extraña me atravesó el cuerpo, me erizó la piel y me revolvió por dentro.

—Ya vengo —dijo, y salió a mirar el cielo como buscando la sabiduría.

Así fue mi encuentro con Ramón Salazar De La Cruz, conocido como el Brujo.

Hacía una semana que había llegado a un pueblo de pescadores con menos de cien habitantes ubicado en el oriente del país. Necesitaba un lugar tranquilo para desestresarme de mi último año en la universidad y ponerle punto final a un despecho amoroso. Escogí el lugar por estar bendecido por un mar transparente y fecundo.

Llegué una tarde de sábado a la hora de la siesta, el pueblo estaba hundido en el sopor del mediodía. Los únicos seres despiertos eran algunas gallinas sueltas que picoteaban con frenesí buscando echarse un grano al buche entre la desolación de las calles salitrosas.

Las casas estaban pintadas de colores alegres, eran pequeñas y tenían nombres como «Camila, la Reina del Mar». En algunas había una red de pescar regada en la entrada. Según la reserva, el hospedaje se llamaba «La Misericordia». Lo encontré en una esquina donde la brisa marina hacía un torbellino y entraba con una polvareda en la calle refrescando todo a su paso.

Toqué la puerta y salió su dueño: Gambao, un pescador de ojos marrones. Detrás de él, su mujer, Rosario, una linda muchacha embarazada, ambos tan amables que me hicieron sentir en casa desde el primer momento. Me mostraron la habitación, austera, pero acogedora: una cama individual, una pequeña mesa, una silla y en la pared un mural de motivos marinos pintado por un artista local. La imagen que me acompañaría por las noches. Dejé el equipaje con rapidez y me fui a tantear el mar.

Tumbada en la playa vi pasar a un hombre de unos treinta años. Tenía la dureza de los hombres del mar, la piel curtida por el sol del mismo color de la tierra fértil y el pelo negro encrespado moldeado por la sal. Tres collares hechos de semillas le colgaban del cuello, uno de ellos finalizaba con un puño tallado en azabache.

Detrás de mí, de manera inesperada estaba Gambao que había venido a traerme una limonada.

—Es Ramón, el Brujo —dijo acercándome la bebida que empezaba a calentarse con el sol de la tarde.

Ramón Salazar De La Cruz era el brujo del pueblo. Se había formado en el oficio de la brujería con los yanomamis, internado durante diez años en la selva. De ellos había aprendido pociones mágicas, el alejamiento de maleficios y curación de heridas reales y del alma con el chamán de la tribu. Poseía un certificado del Ministerio de Justicia para ejercer sin disimulos el chamanismo en cualquier contexto.

El domingo por la mañana, Gambao me invitó a conocer la faena del mar, acepté encantada. Tomamos una pequeña lancha en compañía de Ricardo, otro pescador que guiaba con soltura la embarcación surcando curvas entre las olas.

Adentrados en las profundidades me bajé por invitación de los experimentados pescadores a arrancar mejillones con mis propias manos. El miedo quería apoderarse de mí en ese territorio desconocido, pero logré vencerlo.

Estábamos disfrutando de desprender vida de entre las piedras cuando de pronto Ricardo soltó un grito aterrador, lo ayudamos a subirse a la lancha mientras se retorcía de dolor. Un pez sapo le había enterrado su aleta dorsal en el pie inyectando con furia todo su veneno. Gambao se tiró al mar con una lanza en la mano gritando: «Tenemos que matarlo, tenemos que matarlo». Así rezaba la superstición en el pueblo, el pez debía pagar con la muerte.

Con desesperación le clavó la lanza trayéndolo a la embarcación. Era un espécimen deforme que se había inflado como un globo y emitía un raro ruido como expulsando un suspiro seco y áspero. Volvimos a tierra a toda velocidad para dejar a Ricardo en su casa. El médico más cercano estaba a cien kilómetros del pueblo, los hombres del mar creían curarse con sus propios remedios.

—No te preocupes, se pondrá bien, esos pescaos echan mucha vaina por aquí —dijo Gambao.

Al día siguiente en la mañana, fui a saber de Ricardo. Al llegar a su casa lo encontré con el tobillo hinchado, morado y adolorido, cubierto con esparadrapos empapados de azul de metileno y un rosario con la imagen de la Virgen del Valle. Estaba en compañía del Brujo, que me miró de arriba a abajo cuando entré en el salón. Tenía una botella de ron blanco en la mano y bebía a grandes sorbos. Me invitó a sentarme, cogió una silla, la arrastró a mi lado y señalándome a Ricardo me susurró al oído con un aliento tibio que lo ocurrido con el pez era culpa de la envidia de sus colegas.

—Esta noche haré un puente espiritual para protegerlo y curarlo, fuiste testigo del mal y te necesito para ello —dijo señalándome el corazón—. Catira, ¿quieres que te lea el futuro? —soltó desviando la conversación y salió a mirar el cielo.

Todo sucedió con tanta intensidad que me marché turbada recordando la voz imponente de ese hombre, su aliento a alcohol y su determinación con las palabras. Pasé el día con intranquilidad tumbada leyendo unas revistas al sol. Una punzada inquietante me pedía volver a ver al Brujo, ese «te necesito para ello» me había creado el hambre de estar cerca de él como si se apoderara de mí un encantamiento, una atracción inexplicable. Traté de quitarme esa idea absurda de la cabeza. «El sol me está afectando el cerebro», pensé. Recogí todas mis cosas, la sombrilla y volví a la habitación. Empezaba a caer la noche.

Al salir de la ducha decidí ponerme un vestido blanco corto que dejaba ver mis piernas bronceadas, me solté el pelo por primera vez desde que había llegado al pueblo, lo batí con las manos para darle un aire natural y despreocupado.

En el comedor, por sorpresa me encontré al Brujo sentado en la mesa. Llevaba puesta una guayabera beis con arabescos celestes desabotonada hasta medio pecho y tres collares más sumados a su cuello. Aunque no estaba invitado a cenar, se dejó caer por allí sin previo aviso como era costumbre en el pueblo.

Gambao le pidió que se quedara a cenar y aceptó sin dudarlo. La conversación en la cena transcurría sobre temas lugareños. Después del postre, Ramón sacó una botella de una bolsa y la puso en medio de la mesa con un golpe seco.

—Cachiri, bebida espirituosa elaborada de yuca fermentada por los indios pemones de Kavanayén —dijo el Brujo con cara de orgullo—. Catira, te va a gustar —sentenció sirviéndome un trago rebosante en un vaso de cartón.

—No te pases, Ramón, la vaina deja una resaca terrible —comentó Gambao.

Me tomé la bebida por no ser descortés, tenía un sabor amargo y era como meterse una bomba directo a la cabeza.

—Y ahora nos vamos a hacer el puente espiritual. Te vienes, ¿no? —me preguntó guiñando el ojo.

—¿En serio? —intervino Rosario.

—¡Por supuesto! —dijo el brujo mirándome y levantando el último trago.

La fuerza de su mirada no me dejó responder. Me sentía un poco aturdida, no sé si por el cachiri, su fuerte presencia, o por aceptar la propuesta de participar en aquella absurda cosa espiritual. Nos despedimos de Gambao y de Rosario y nos dirigimos a casa de Ricardo. En el trayecto, caminando al lado de Ramón sentía una confusa comodidad.

Ricardo tenía el pie enrojecido y acalorado. Para el trabajo espiritual se habían sumado tres mujeres y un hombre, quienes me miraron como a una forastera.

Ramón nos acomodó en círculo bordeando al herido, se quitó la camisa, se acomodó los collares como quien se arregla la corbata y prendió un tabaco. Tenía el torso suave y musculado con modestia, una cicatriz le salía a un lado del nacimiento del cuello, le partía el pecho en dos y terminaba difuminada encima de su ombligo como la desembocadura de un río en un discreto pozo.

Cerró los ojos y empezó a hablar en yanomami, invocó no sé a qué cosa y caído como en un éxtasis y con la mirada perdida chupó con fuerza la herida de Ricardo. Con una mezcla de asco, desconcierto y asombro quise marcharme del lugar, y al intentar levantarme, Ramón me ordenó sentarme de nuevo haciendo una señal con la mano, a lo que obedecí motivada por una fuerza insólita. El Brujo escupió un líquido verde, espeso, inodoro. Era el veneno del pez sapo y se zampó de un solo trago un cuarto de botella de ron. Estaba empapado de sudor como si hubiese corrido un maratón y a pesar de la cantidad de alcohol ingerido estaba sobrio. Continúo con una friega de un macerado con alcohol y llantén y cubrió la herida con una venda tejida de yerbas aromáticas del amazonas. Dio dos grandes caladas al tabaco que nublaron el lugar.

De pronto se quedó catatónico y se desplomó de la silla cayendo inconsciente al suelo. Los presentes tratamos de hacerlo volver, pero Ramón parecía haber muerto, su peso se había triplicado, era imposible siquiera moverle un brazo. Estaba rígido y pesado como una tonelada de plomo.

A los cinco minutos del trance despertó, se sacudió sus ropas como quitándose miles de pelusas imaginarias y dio por concluida la sesión. Prometió la pronta mejoría de Ricardo y me tomó por el brazo para salir del salón.

Camino al hospedaje, junto al Brujo, no pude articular palabra. Habló de lo bonita y fresca que estaba la noche sin mencionar lo sucedido. Llegué a la conclusión que no recordaba nada de lo sucedido, era como un pequeño paréntesis en su memoria. Pasamos frente a una lancha olvidada a orillas de la playa y me invitó a subir. La noche estaba oscura y el único sonido que había era el devenir de las olas. Me ayudó a subir con su mano áspera y fuerte. Nos sentamos juntos a mirar el mar. El Brujo ejercía un magnetismo raro, un ímpetu interior brotaba de él a borbotones y me arrastraba dejándome casi sin voluntad.

—Catira, puedo ver que la tristeza te ha traído a este lugar — dijo colocando su mano sobre mi hombro.

El recuerdo del tacto de su mano en mi hombro me atravesó como un puñal antes de dormir. Abrí la ventana y dejé entrar la brisa marina, el olor a mar revuelto impregnó la habitación, un éxtasis profundo me envolvió hasta quedarme dormida.

Ramón hacía la mayoría de sus trabajos donde tenía una especie de consulta en la ciudad más cercana a la cual se podía llegar en unos barquitos cubiertos que en la región les llamaban los «tapaítos», acortaban dos horas de camino por carretera. Venía al pueblo dos veces a la semana, era la razón de su ausencia en los tormentosos días en que no quería hacer otra cosa que verle.

Después de una jornada de estar compartiendo con la gente del pueblo y de haber visitado una antigua fortaleza española abandonada a su suerte, volví a La Misericordia.

Al llegar Gambao, me señaló una botella llena de agua y pétalos de flores moradas.

—Te lo he preparado por orden de Ramón, da buena suerte. Es una loción para después del baño.

—Yo no creo en esas pendejadas —murmuré. Cogí la botella por cortesía y aunque olía muy bien la vertí en el desagüe del lavabo. Los pétalos se arremolinaron creando una bonita danza hasta terminar apelotonados.

La semana terminaba y mis vacaciones llegaban a su fin. Salí del baño y me maquillé los labios con un rojo encendido para ir a despedirme del mar.

La oscuridad de la noche solo dejaba ver el blanco de la espuma de las olas. De pronto, una voz cercana me sacó de mis pensamientos.

—Entonces, Catira, ¿vas a dejar que te lea el futuro? —dijo Ramón a mis espaldas. Mi corazón se aceleró al verlo.

—Si te hace feliz, adelante —respondí con ironía—. Pero sabes que no creo en tu magia.

—Ah, ¿así es la cosa? —preguntó con picardía.

Nos sentamos juntos en la orilla.

—Mírame a los ojos —dijo, apartándome el pelo de la cara revuelto por el viento. Su mirada era tan intensa que me resultaba insoportable, sus ojos estaban hechos como de un fuego destilado.

—No sé si será oportuno decirte lo que veo en ti... —señaló casi como una verdad absoluta.

En ese momento, y ante su cercanía, me invadió el deseo desde lo más profundo y otra clase de magia hizo que enmudeciera su profecía besando sus labios en un afán de que me leyera en presente y se olvidara de sus fantasías adivinatorias. Las olas nos mojaron los pies, nos echamos sobre la arena para repasarnos el cuerpo una y otra vez hasta el amanecer como en un intento desesperado de aprendernos de memoria en una sola noche cada surco, cada lunar, el color exacto de los ojos, la textura de la piel...

El sol tímido de la mañana nos despertó de la resaca del amor. Ramón se quitó un collar hecho de semillas marrones y rojas y me lo colgó.

—Es de kashuhuri —dijo en perfecto yanomami. Póntelo cada vez que vayas al mar.

Nos despedimos con un largo abrazo. Le recorrí su cicatriz con la mirada y le abotoné la guayabera. Lo vi irse con los zapatos en la mano y el pantalón arremangado como si fuera el dueño del mar.

Llegué a la habitación a hacer las maletas. Me quité el collar y lo guardé en el bolso, si algo me acompañase junto al mar sería su mirada y su olor a trópico en mi piel.

Al salir, en el comedor, Gambao y su mujer me despidieron con dos empanadas de cazón y una taza humeante de café recién colado.

Me marché con prisas a la estación arrastrando la maleta con la misma sensación de vacío con la que había llegado. Desde la ventana del autobús el mar se alejó y enseguida se volvió un recuerdo.

¿Quién llamó a la señora Robles?

La señora Robles despertaba dos horas antes de lo debido todos los días. Se quedaba en la cama pensando, o a veces hojeaba una revista *Vanidades* con los lentes en la punta de su nariz hasta que el despertador sonara.

Ese era un tiempo muerto como toda su vida, pensaba con resignación. Cuando sonaba la alarma dejaba la cama con falta de brío. Desayunaba siempre lo mismo; un café bien cargado y una tostada simple de pan.

Se vestía con esmero a pesar del desánimo para ir a su oficina. Envolvía su cadera que ya empezaba a ensancharse con la edad con una falda negra de tubo por debajo de sus rodillas, que combinaba con una camisa de manga larga bombacha con hombreras y botones de perlas a la que le colgaba un prendedor de fieltro en forma de flor. Medias pantis color carne y zapatos negros de tacón. Ataba su pelo en una cola que convertía con habilidad en un moño en forma de cebolla en lo alto de su cabeza. De último se trazaba una línea negra gruesa a ras del párpado inferior, y terminaba pintando sus labios de un rojo subido.

En la parada del autobús pensaba en la eterna jornada que le esperaba.

Su trabajo consistía en atender llamadas telefónicas de clientes que podían tener dudas con el uso de los champús o jabones de una pequeña empresa de cosmética llamada Valmie.

En la oficina se acababa el día soleado. Esta consistía en un habitáculo sin ventanas decorado con pósteres de los champús en los cuales aparecía una rubia admirada por hombres que la llamaban «la pelo lindo». El champú era el producto más vendido de la empresa y gozaba de gran popularidad gracias a su precio modesto.

Un escritorio color gris de latón abarcaba casi todo el espacio en donde reposaba un teléfono de disco, su herramienta de trabajo.

No había persona en el país que, atascada en aligerar el peso de su vientre, no supiera de la existencia de la señora Robles. En la larga espera que otorga el estreñimiento, a falta de una revista o un libro en el baño, leer el reverso del bote del champú Valmie era una actividad socorrida en esos duros momentos. Al final de los ingredientes se leía con claridad:

Atención al consumidor:
Señora Robles.
900 456 608
De lunes a viernes en horario continuado.

Y aunque mucha gente conocía el número, el aparato no sonaba nunca.

Sentada en ese escritorio creía morir de tedio junto al teléfono. A veces se limaba las uñas con la preocupación de que su jefe la viera. Cosa improbable porque este aparecía muy poco por la oficina.

Para paliar el aburrimiento, y aunque se las sabía de memoria, repasaba las respuestas que podían hacerle si alguien llamase. El manual tenía preguntas médicas como: «Me entró champú en los ojos y a pesar de que me los lavé bien, me siguen ardiendo ¿qué debo hacer?», hasta dudas químicas como:

«¿Qué es el lauril éter sulfato sódico?». La señora Robles tenía una preparación excelente para aclarar cualquier tipo de dudas relacionadas con el producto.

Sin embargo, no ejercía de consultora, el teléfono permanecía en silencio.

Ese día la señora Robles por poco se duerme, tenía rato dando pesados pestañazos en la calma de la mañana. Se le antojó un café para espabilarse. Dejó la silla con pereza y con la espalda entumecida por las horas sentada, se dirigió a la sala donde la empresa había habilitado una mesa con un termo de café negro y pequeños vasos desechables. Sopló el café y, cuando iba por el primer sorbo, escuchó a lo lejos el rin, rin del teléfono.

Se quemó los labios con el sobresalto y salió taconeando hacia la oficina. Algo le resucitó por dentro al escuchar el tan ansiado sonido, pero con la mala suerte que este se detuvo cuando iba a contestar.

Esperó con el corazón en un puño y los ojos clavados en el aparato, aguardando la llamada, pero no volvió a sonar.

A la señora Robles la llamada la desveló, esa noche le costó dormir imaginando a la persona que estaría detrás del teléfono. Maldijo mil veces el café y se lamentó de las preguntas que no pudo responder. Se dijo a sí misma que solo saldría de la oficina con asuntos impostergables como eran ir al baño, por si sonaba el teléfono de nuevo.

Puso la radio para acompañarse y sintonizó el programa «Música para adultos contemporáneos». El presentador tenía una voz grave, suave, le gustaba, era como un susurro a sus oídos. Se quedó dormida escuchando el tema número uno de la cartelera musical del momento: *Careless Whisper* del grupo Wham!

Al final durmió profundo.

Soñó que alguien la llamaba con voz de locutor. Despertó con el corazón acelerado pensando que el sueño era un presagio.

Salió de la cama más animada y se vistió como si tuviera una cita romántica. Delineó los labios más allá del borde para hacerlos más carnosos y perfumó su cuello con una fragancia cara que solo usaba para ocasiones especiales.

Algo latía dentro de ella.

Al poco tiempo de llegar a la oficina, y mientras estaba con la mirada perdida en un póster de la pared, sonó el teléfono. La señora Robles sintió una alegría que no experimentaba desde hacía tiempo. El corazón le palpitó fuerte.

Respiró varias veces para calmarse y con manos temblorosas se lo puso en la oreja.

—Buenos días, la señora Robles para atenderle... ¿Sí? Buenos días.

Nadie respondió.

O tal vez sí.

Crónicas cotidianas y otros menesteres

Vampiros en Maracaibo

MI PRIMER CONFINAMIENTO

Confinamiento es un delicado sinónimo de encierro, un término que al menos a mí me produce un menor impacto emocional. Nunca nos quedamos confinados en un ascensor, no nos confinan en la cárcel o confinamos a los hijos en la habitación cuando se portan mal. A esas situaciones las llamamos encierro, sin mucha floritura.

Pensando en esta palabra tan usada en la actualidad y en las veces que he estado confinada y que no son pocas (por una enfermedad de jovencita, tres toques de queda: uno por un estallido social y dos por golpes de estado), recordé que viví mi primer confinamiento a los siete años a causa no de un virus mortal, sino por culpa de una leyenda urbana.

Sí, como leen, una leyenda urbana que desató una psicosis sin igual en la historia de Maracaibo, mi caluroso lugar de nacimiento.

Maracaibo, una ciudad en donde la sensación térmica a diario puede rondar los treinta y ocho grados y, por muy increíble que parezca, apareció un pingüino en las riberas de su lago, ¿por qué no podría estar asediada por vampiros inmunes al violento sol maracucho?

Los vampiros de Maracaibo existieron creados por la mente de alguien que no imaginó la trascendencia de su relato, contado quizás en una noche de cervezas entre amigos. Un *tweet* verbal de la época analógica con una *fake news* adjunta que nadie desmintió.

Durante algunas semanas, a finales de los 70, las calles de Maracaibo se vaciaron de niños. Ningún menor fue a la escuela sin compañía paterna. No se les mandaba a hacer recados, no se les veía jugar afuera de sus casas.

En aquel tiempo se jugaba mucho en la calle. Maracaibo tenía contadísimos parques, ya que se urbanizó con una marcada influencia estadounidense: fue diseñada para automóviles. Avenidas muy anchas con aceras estrechas y distancias muy largas para ser recorridas a «pie y a pata como la garrapata», como bien dicen sus habitantes.

Yo vivía en una urbanización en las afueras de la ciudad que le hacía honor a su nombre: urbanización La Paz. Los vecinos, acostumbrados a ver a la muchachada jugar en las avenidas, conducían sus coches muy despacio. Con frecuencia tenían que detenerse para esperar que abriéramos el paso. En ocasiones estábamos en la cumbre del juego y tardábamos en hacerlo. Con la demora nos ganábamos un bocinazo acompañado de un buen regaño de algún conductor impaciente o con prisas, al cual al unísono con actitud rebelde y amenazante le gritábamos: «¿Qué?, la calle es liiibre».

Pero un día la alegría de esa libertad se acabó. Llegarían a Maracaibo los temidos vampiros, una banda delictiva organizada que pusieron en jaque el sosiego de los padres maracuchos. Ni los altos índices de delincuencia actuales causarían tanta conmoción como aquellos vampiros.

Los vampiros fueron una banda de delincuentes que, según la leyenda urbana les sacaban la sangre a los niños hasta matarlos, dejando los cadáveres pálidos tirados en la calle con una paca de billetes de a cien bolívares enrollados en la boca.

Así aparecían menores muertos en la imaginación de los maracuchos. Nadie vio un cadáver, pero ahí estaban regados por la ciudad, obligando a confinar a la infancia por voluntad de los papás ante la indolencia del alcalde que nunca mandó a atrapar a los vampiros a pesar de las quejas y el temor de la población.

Yo recuerdo estar en el jardín de mi casa con la verja cerrada con candado, mirando con deseo la calle desolada bajo la firme prohibición de salir. Cuando pedía hacerlo mis padres me decían: «No se puede, por ahí andan los vampiros».

¿Cómo sacaban la sangre aquellos sanguinarios malandros en plena calle? ¿Por qué solo a los niños? ¿Qué hacían con la sangre? ¿Cuál era la razón para recompensarte con billetes en la boca? Claro está que no era por dinero, de eso estaban boyantes.

Preguntas no respondidas desvanecidas con el tiempo. La leyenda de los vampiros estuvo en vigencia varias semanas, no recuerdo con exactitud por cuánto se extendió aquel absurdo confinamiento infantil.

¿Morirían los vampiros? ¿Perderían la inmunidad al sol marabino capaz de partir piedras? Nadie queda exento, por mucha magia que tenga, de la fuerza del astro rey a las dos de la tarde en la llamada tierra del sol amada.

Unos años más tarde, durante mi adolescencia, surgió otra leyenda urbana de la agudeza imaginativa de algún marabino que hizo estragos en los comerciantes que apostaron por la modernidad: el sádico del Costa Verde. Un hombre cruel que les arrancaba los pezones a las mujeres con un alicate en el estacionamiento del primer centro comercial de la ciudad, el C.C. Costa Verde.

—Dale pa'l estacionamiento que por aquí no hay puestos.

—¡Guillo, chama! Yo ni de verguita estaciono ahí.

La clave del amor

Leo con interés que ya es posible saber si has encontrado el verdadero amor de tu vida con rigor científico: un beso lo dice todo. Según los estudiosos de la «química del amor», el beso apasionado tiene la función de intercambiar datos genéticos que avisan si dos personas son compatibles para amarse, ese intercambio se hace a través de la saliva.

Siempre he sentido curiosidad de los mecanismos implicados en la atracción física. Somos 7.434.073.618 en el mundo (según las estadísticas a tiempo real mientras escribo esto), y se nos antoja en exclusivo, uno, con quien a lo mejor ni siquiera hemos intercambiado una palabra, pero ahí está haciendo que nos tiemblen las piernas y nos suden las manos con su mirada sin poder evitarlo.

Helen Fisher, antropóloga estadounidense de la cual soy fanática, tiene más de treinta años investigando sobre el amor. Sus teorías son fascinantes a pesar de que su firmeza científica nos apague la poesía a los más románticos.

Bueno, pero volviendo al tema de la saliva, Instant Chemistry es una empresa que se dedica a unir o separar parejas a través de un escupitajo en un tubo de ensayo. Así de sencillo, ¿te gusta alguien, pero no estás seguro? Ponlo a escupir, escupe tú también y envía la muestra a la empresa. Analizando la saliva ellos predicen si la relación funcionará. Todo esto me ha revelado un enigma que me torturó en mis años adolescentes en relación con mi primer amor.

A mi supuesto primer amor le conocí a mis quince años en una fiesta. Por aquel entonces hacíamos muchas fiestas, porque una compañera de clase tenía un pedigrí rumbero indiscutible. Sus padres habían construido un salón de fiestas en su casa, una minidiscoteca con luces, aire acondicionado y música a todo volumen en el cual enloquecíamos los fines de semana al ritmo de las canciones de moda.

En esa fiesta estaba... le voy a llamar Mengano. Nunca me había fijado en él, pero bailando decidimos que nos gustábamos. A esa edad jugamos a enamorarnos y querernos, pero no sabemos bien de qué va la cosa. No había internet, por ejemplo, para aprender de saliva y genética.

Lo cierto es que nos hicimos noviecitos, salíamos a comer helados, al cine, a conversar en las plazas y hasta me hacía la visita en casa, a pesar de la vigilancia poco disimulada de mi papá, a quien le daba por regar el jardín cuando estábamos sentados en el frente de mi casa.

No las llevábamos bien, era guapo, responsable, estudioso, buena gente, «un buen partido» como decimos en mi tierra. Nuestro más íntimo contacto físico era un breve y tímido piquito de vez en cuando. Estábamos enamorados, pero en el fondo recuerdo que a mí no se me removían las entrañas con su cercanía, y ahora puedo decir que me lo confirmó su saliva. Sí, fue nuestro primer beso ardiente quien habló por mi corazón.

Un día antes de irse, me robó un beso apasionado y allí en ese instante se acabó el amor. Y no era que besara mal, porque Mengano fue hábil con su lengua, pero recuerdo un «no sé qué» que me llevó a tomar la firme decisión al día siguiente de dejarlo para siempre.

A él le tomó por sorpresa y me pidió explicaciones, yo no encontraba palabras para definir la razón si todo iba viento en popa, así que con la inexperiencia en temas amorosos y repitiendo lo que muchas veces escuchamos en los teleculebrones, me escabullí en la necesidad de tiempo para pensar en la relación.

Ese tiempo fue infinito porque nunca le llamé. Le rompí el corazón sin quererlo, según me contaban sus amigos. Me sentí mal por él, porque uno es joven y no sabe del amor como canta Rubén Blades.

Ahora con seguridad me perdonaría si se lo confirmara con un test de Instant Chemistry, le daría una razón con base científica, le diría que no se puede forzar aquello que los genes no quieren, somos máquinas de ellos como propone Dawkins con su *Selfish gene*, y qué le vamos a hacer si en contra de eso no se puede luchar, al final perderíamos la batalla. Los genes mandan.

Así que ya saben amantes, en la saliva está la clave. Si no tienen dinero para enviar muestras a Instant Chemistry, hagan como siempre se ha hecho. Besen, besen mucho con pasión, sin medida hasta encontrar a esa persona que les haga arder el mondongo.

Nota de traducción: En Venezuela a las tripas también le llamamos mondongo, no sean así, no piensen mal.

La foto del cumpleaños

De joven me gustaba vestirme al estilo *hippie chic*. Recuerdo como si fuera ayer una tarde de domingo en la cual conseguí a precio de ganga, en un mercadillo, un vestido hindú del cual me enamoré enseguida. Era de una tela suave y fina estampada con figuras coloridas que en aquella época llamábamos bacterias. Me quedaba genial y definía «mi individualidad y mi fe en la libertad personal», como decía Nicolas Cage de su chaqueta de cuero de serpiente en la película *Wild at heart*.

Debido a mis serios problemas vocacionales (empecé estudiando veterinaria, pero ese es otro cuento), yo era maestra de infantil y trabajaba en un colegio privado en el que fui feliz. Los alumnos y las familias me apreciaban mucho y me invitaban a los cumpleaños de los niños.

A decir verdad, era una vida social un tanto incómoda para una joven de veintidós años soltera y sin hijos, porque en las celebraciones tenía que lidiar con familias que me pedían consejos sobre crianza y deberes escolares con *Volveré* de Rubi Pérez sonando de fondo a todo volumen.

En una oportunidad, me invitaron a una pomposa fiesta infantil en un prestigioso parque de bolas de la ciudad, y decidí estrenar el vestido de bacterias para la ocasión.

Mi llegada fue todo un acontecimiento: «¡Llegó la maestra!», anunció el papá con la alegría en el cuerpo que dan unos *whiskies* de más. Me presentó al resto de los asistentes, los niños corrieron a abrazarme y a enseñarme sus hazañas en las camas elásticas.

Después empezó una sesión de fotos como en la gala de los premios Óscar. La maestra con la abuela, con la tía, con los muchachitos al lado del tobogán, abrazando a la mamá, con la piñata, con el cumpleañero y el hombre disfrazado de Mickey Mouse, *flash* pa'ca, *flash* pa'allá...

En el resto de la noche, y para paliar el aburrimiento, me dediqué a comer tequeños con frescolita. Evité el alcohol a pesar de los ofrecimientos, recordando una fiesta de fin de año en una empresa en la que había trabajado y de cómo, con unas cuantas cervezas encima, terminé desatada bailando con los músicos muy sueltos de cadera de una agrupación de música tambor de Chuao que habían llevado para amenizar la reunión. Es mejor prevenir que lamentar una resaca moral en el entorno laboral.

A la semana siguiente el niño me llevó las fotos del cumpleaños al colegio. Era el tiempo de la fotografía analógica, los que vivimos esa época sabemos que el revelado de las fotos siempre traía alguna sorpresa: cabezas cortadas, ojos cerrados como de poseídos por espíritus, risas que parecían muecas... Lo raro era salir bien, no se podía repetir foto y así sin remedio uno quedaba medio choreto guardado en el álbum familiar para siempre.

En las fotos de dicho cumpleaños esa sorpresa sería grande: yo salía en bragas en todas las fotos, ¡en todas!

El flash profesional del fotógrafo contratado transparentó por completo el vestido y ahí estaba yo, la maestra de tercero de infantil en bragas blancas inmortalizada para la posteridad en una sesión de fotografía *boudoir* rodeada de globos, niños, abuelas sonrientes, serpentinas y confeti. Menos mal que también estrenaba ropa interior. Mi mamá siempre decía que uno puede ser pobre, pero tiene que llevar buenas bragas, sin agujeros ni remiendos por aquello de la dignidad. Pobre, pero con bragas dignas de fotos.

Gabo y yo

Lo único que me duele de morir es que no sea de amor
G. García Márquez. *El amor en los tiempos del cólera*

El amor en los tiempos del cólera es uno de mis libros de cabecera. Lo releo al derecho y al revés, suspiro en cada página, me paseo en sus palabras, lo subrayo una y otra vez. Me inspira. La belleza de su prosa hace distraerme de malos pensamientos cuando estoy triste y desmotivada. Vivo cada uno de sus personajes, tanto que me niego a ver la adaptación cinematográfica por miedo a despedazar mi imaginación. Además, ¿quién ha dicho que Javier Bardem se parece a Florentino Ariza? Un error imperdonable, en mi opinión.

Yo me enamoré de la literatura de García Márquez a mis quince años cuando me asignaron a leer en el instituto *Cien años de soledad*, me gustó tanto que desde entonces puedo recitar de memoria sus primeros párrafos. Mis compañeros, interesados en cosas de adolescentes, se asombraban de que yo pasara horas leyendo una novela tan larga y difícil. Para el examen me pedían que les contara la trama y así ahorrarse lo que para ellos era una engorrosa lectura. Yo iba encantada al salir del turno de las tardes a narrar.

Nos reuníamos en el patio del colegio bajo un árbol frondoso, ellos me escuchaban apuntando en la libreta cada Aureliano, cada José Arcadio Buendía para no perderse en el mar genealógico de la novela. En esa evaluación saqué la máxima nota, y lo recuerdo porque mis compañeros vinieron corriendo con la noticia, me aplaudieron en medio del recreo haciéndome sonrojar, morir de felicidad. Juancho, un cura jesuita vasco y progre, mi profesor de literatura del cual decían los muchachos del colegio que yo era su consentida, y al cual me enviaban cada vez que no estudiaban a rogar aplazamientos de evaluaciones y entrega de trabajos con éxito, me felicitó no solo por la nota, sino también por mi interés de haber leído *El olor de la guayaba* para preparar el examen.

Con la muerte del escritor hace dos años, me propuse releer toda su obra y leer todo aquello que me faltaba. Con la madurez descubrí que *El amor en los tiempos del cólera* es un ensayo fantástico sobre el matrimonio, el amor, la vida en pareja, pero sobre todo de la esperanza. *Memorias de mis putas tristes* no va de un viejo como lo interpreté la primera vez que lo leí, en cambio es una reflexión sobre la transición del cuerpo y el alma a la vejez. En *Cien años de Soledad* redescubrí a Mauricio Babilonia, uno de los breves personajes más bellos creados de la mano de un escritor. Me sorprendí mucho cuando en *Vivir para contarla* leí que los diecisiete Aurelianos de la cruz de ceniza en la frente existieron con todo y su desparpajo caribeño.

Con sus cuentos cortos me sumerjo en la complejidad de la vida latinoamericana, en recordar la cantidad de veces que viví situaciones «marquianas», de esas que hacen sentirte parte de una ficción y explican nuestro carácter barroco y mi gusto por las historias bizarras. Podría pasar horas hablando sobre cada cuento, de mi pasión por su prosa, porque lo mío con el Gabo fue como la mirada casual de Fermina Daza y Florentino Ariza «el origen de un cataclismo de amor que medio siglo después no había terminado».

Gracias, Rubén Blades

Cuando era niña quería aprender a bailar salsa. He heredado el escaso sentido rítmico de mi familia materna y, lamentablemente, no los genes bailarines de mi papá. A una temprana edad me propuse la tarea de vencer esa herencia que me condenaba en los cumpleaños infantiles a sentarme cuando los adultos animaban a los niños a bailar. No tenía yo la soltura de bailar de cualquier manera, cosa muy natural en la infancia, debido en parte a la timidez que acompañó mi niñez.

Angélica, mi mejor amiga de la infancia, fue mi profesora de salsa. Ella, la menor de una familia de mujeres bailonas, con nueve años era lo que llamamos en mi tierra «un trompo» para referirnos a las personas que bailan bien.

Se dio a la tarea de enseñarme a bailar salsa en el salón de su casa después de los deberes escolares. Entre los muebles rojos que decoraban la sala, el aledaño tic-tic-tic de la máquina de coser de su mamá, los vinilos y el tocadiscos de aguja di mis primeros pasos. Era el tiempo del *boom* de la música caribeña con las estrellas de la Fania Records. Con la práctica y la disciplina diaria algún gen paterno tendría la obligación de despertar, y así sucedió. Aprendí a bailar con las canciones del puertorro Héctor Lavoe, conocido como «La voz». Nuestra preferida era *Ah ah ah no*, por su ritmo suave para una pequeña aprendiz. Cuando la escucho me transporto a esas tardes de sudor, música, meriendas y una amistad cultivada para toda una vida.

Era el año de 1978 cuando en las emisoras de radio venezolanas empezaría a sonar un cantante de salsa que decía cosas importantes en sus canciones. Por primera vez, los oyentes del género entregarían no solo su ritmo, sino también su atención a esas letras que cantaban cuentos. Era Rubén Blades, un escritor cantante de historias como le han definido algunos. Aterrizaba desde Nueva York en el Caribe con su álbum *Siembra* junto a Willie Colón, el disco más vendido de la Fania, que contenía la crónica citadina *Pedro Navaja*, y en poco tiempo se convertiría casi en un himno nacional. Rubén saltaba a los escenarios reivindicando en sus letras a Latinoamérica en el tiempo que la comunidad latina crecía en los Estados Unidos huyendo de las dictaduras militares que arrasaban la región. Él mismo había escapado de la dictadura de su Panamá natal. En ese mismo álbum estaba *Plástico*, un tema que desnudaba la superficialidad y nos descubría al polifacético Rubén, cantante, abogado, escritor, actor y político comprometido con América Latina, que más adelante aspiraría a la presidencia de su país.

Desde entonces siempre he seguido la trayectoria del poeta de la salsa, como le llamamos en Venezuela. Yo, que luego en la adolescencia me haría rockera para siempre, sigo siendo seducida por su música, mi corazón rockero siempre tiene un rinconcito para él.

Así que cuando me enteré de su último concierto en Santiago no pude ponerme más contenta. Tendría la oportunidad de ver a un ídolo que me remite a mis raíces, crecí escuchando sus canciones. En una entrevista Blades confesó que el escritor Carlos Fuentes lo definía como un escritor para personas no lectoras, que tiene la habilidad de escribir historias de cuatro minutos de duración que la gente aprendía de memoria, cosa imposible para Fuentes de hacer con sus novelas. Escuchen su versión acústica de *Adan García* y confirmen las palabras del escritor.

Rubén salió en Santiago rejuvenecido quizás por su nuevo amor, la cantante de jazz Luba Manson.

Nos regaló de primero *Caminando*, para después deleitarnos con sus *Decisiones*, la preferida de mi marido que, por raro que parezca, le hace mover los pies. Con Blades le demostré que en Latinoamérica no todo es reguetón, que tenemos nuestro Bob Dylan caribeño.

Público de diferentes edades y nacionalidades colmaron la Plaza de la Quintana en la cual no cabía una alegre y entusiasmada alma más. Para muestra, a mi lado un joven colombiano cantaba a todo pulmón al lado de su abuela.

Rubén nos regaló tres horas magníficas con sus temas más celebrados. Con la simpatía que lo define le cantó un bolero a una chica dominicana que estaba en primera fila. Le sopló besos y cogió los que ella le correspondió y se los guardó en el corazón. Regañó con un «miamor» y autoridad de abuelo a una fan enloquecida que gritaba peticiones interrumpiendo sus anécdotas.

Rubén habló del paso del tiempo, nos dejó con la enseñanza de no entristecer al envejecer. Nos dijo que cada año cumplido a sus setenta es un año ganado a la muerte, por eso lo celebra en grande y se soltó a cantar la maravillosa *Maestra vida*. Con su *Amor y control*, los padres presentes nos ahogamos en sentimiento entre notas de timbales y trompetas. Si volví a casa con cuerdas vocales fue por un milagro.

Cuando llegó el turno de *Pedro Navaja*, La Quintana estalló en júbilo y los fans coreamos la canción con tanto entusiasmo que hasta el mismísimo Apóstol se debe haber contagiado en su sepulcro. En los bises cantó varias canciones más como ese himno en contra del racismo que es *Muévete*, y demostró cantando *Plantación adentro* por qué es el embajador de América Latina y por qué en el continente lo queremos como a un papá.

Latinoamericanos, españoles, peregrinos árabes, ingleses, alemanes... bailamos su poesía al son caribeño del gran maestro que es Rubén Blades, acompañado de la excelente orquesta de Roberto Delgado, tan sabrosa que es capaz de resucitar muertos. Se despidió para no seguir molestando a los vecinos, dejándonos la alegría del Caribe en el cuerpo.

Blades, una leyenda viva, cincuenta años en el escenario y una voz intacta lo confirman.

¡Gracias, Rubén!

Halloween

Hoy es Halloween y te voy a contar la anécdota de cuando di un paseo en el Cementerio del Père Lachaise de París, acompañada de un joven escritor francés.

En mi quinto día en la ciudad, decidí visitar el famoso cementerio donde descansan algunas celebridades. A decir verdad, no me gustan estos lugares porque tengo una relación angustiante con la muerte. Sin embargo, impulsada por el modo turístico tomé el metro y me dirigí hacia él.

En el mapa del folleto informativo el recorrido empezaba por la tumba de Chopin. Cuando llegué a ella, a la izquierda del nicho estaba un chico francés escribiendo en una libreta de cuadritos. Como quería dejar constancia de haber estado junto al polvo del compositor, lo interrumpí para pedirle que me hiciera una foto con la Konica barata que me acompañaba en esos días.

Tomó la fotografía y me preguntó algo en francés, no hablo francés, ¿entonces chapuceó «where are you from?», la frase mágica para hacer amigos cuando andaba de mochilera por este continente. Le contesté y descubrimos que con nuestro inglés precario nos entendíamos.

Se ofreció con amabilidad a hacerme un tour por el camposanto. Acepté con cierto reparo. Mientras caminábamos bajo los árboles tristes que cobijan los sepulcros, dijo que era escritor e iba a diario a escribir allí porque era su lugar para inspirarse. Su confesión me inquietó un poco.

Me condujo a la tumba de Miguel Ángel Asturias moviéndose con rapidez y cogiendo atajos entre la maraña de muertos como si hubiera nacido en el sitio. Luego fuimos a la de Edif Piaf y me contó que sus fans cuidan la lápida, pero en particular hay una señora mayor que va a diario a limpiarla mientras canta sus canciones.

Visitamos también la de Jim Morrinson. La única con cámara de vigilancia por los jaleos que se montan, dijo. Porros, revistas eróticas, latas de cerveza, cigarrillos, ramos de flores vivas y secas yacían junto al cantante. Me emocioné, Morrinson siempre me ha parecido el hombre más sexy del *rock*. *Come on baby light my fire* sonó en mi interior.

Después me llevó a la de Oscar Wilde. ¡Oh, Oscar como te quieren! Cientos de besos pintados están estampados en la escultura del sepulcro. El ritual, según el joven escritor es darle besos de labial rojo a la tumba.

Estuvimos en muchas más, la de Max Ernst, Rossini, Callas, Proust... en cada una contaba algún detalle.

Nos despedimos en la puerta del cementerio. Me apuntó su dirección de email en mi libreta. Nunca le escribí. En estos días la busqué y creo que la perdí en una mudanza.

No logro recordar su nombre para «googlearlo». Recuerdo su tez pálida y sus ojos azules poco terrenales.

A veces pienso en esta historia y me recuerda a las leyendas urbanas donde la gente sale con un muerto.

Me imagino la escena en una librería de París:

—Busco el libro del escritor Pierre Laurent, lo conocí en el año 2000 en el cementerio mientras lo escribía.

—¿Ah, sí?, ¿cómo? Pero es que él murió en 1960.

—¡¿Qué?!

Fantôme ou pas, c'est Halloween.

Mi papá inventó el selfi

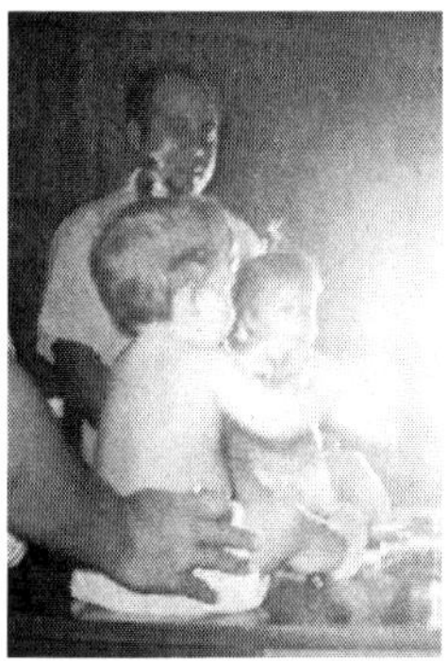

Mi papá y yo

Me sé de memoria el álbum fotográfico de mi madre. Ella, una recién estrenada mamá, guardó los recuerdos de cuando éramos pequeños en un delicado álbum familiar. Cada foto tenía una leyenda escrita con su bonita caligrafía de maestra de primaria. Debajo de mi foto de recién nacida, por ejemplo, puede leerse: «Me llamo Elda, nací un dos de enero de mil novecientos (y tanto) en la policlínica Maracaibo a las doce y media de la noche». En otra está mi hermano mayor en el jardín mirándose una pierna, la leyenda dice: «¡Oh! me ha picado una hormiga». Su primera experiencia con un insecto está documentada en la historia de nuestra familia.

Yo crecí mirando ese álbum, de niña tenía una fascinación por él, mi pequeño cerebro captó esas fotos con sus respectivas descripciones. Creo que esto me ayudó a ser una persona con autoconocimiento personal, de los hitos en mi vida desde el primer diente hasta mis primeros pasos, así he podido escribir desde entonces mi línea del tiempo con pelos y señales.

El fotógrafo era mi padre de pura intuición y con una pequeña Kodak coleccionó recuerdos. Preparaba los escenarios con dedicación: yo con mi oso de peluche preferido, gateando, junto a mi hermano disfrazado de superhéroe improvisado con un calzoncillo en la cabeza a manera de máscara rodeado por un montón de muñecos salvados del mal, con mi hermano menor haciendo travesuras, en el jardín con nuestras mascotas... O un autorretrato frente al espejo conmigo de bebé, cuando veo esa fotografía tengo que decirlo: ¡Mi papá inventó el selfi!

Hace algún tiempo en una noche de desvelo haciendo zapeo en la televisión me topé con una hermosa película, no recuerdo el nombre, ni tampoco su director (estaba empezada). Podría decirse que también era un documental, el director encontró unos rollos de películas en la basura de un contenedor en una calle de Barcelona. Con ellos y con una excelente edición hizo un largometraje de una familia barcelonesa. La familia había grabado en súper ocho los momentos felices de sus vidas, el nacimiento de sus hijos, la llegada de los reyes magos, la compra del primer coche familiar, las vacaciones... Me encantó ver esas imágenes de una familia anónima y cómo acontecía su día a día. Los sucesos de la vida común de la mayoría de nosotros los mortales corrientes que una cámara vuelve poesía. Era interesante ver los cambios de décadas en España, la moda, las costumbres y la evolución de la fotografía, desde el blanco y negro, el sepia y la llegada de las polaroids.

El álbum de mi infancia me influenció en la manera de guardar recuerdos. Trato de archivar nuestra vida familiar en páginas para la posteridad. Selecciono con cuidado las fotografías y transcribo anécdotas que he escrito en una libreta desde el nacimiento de mis hijos. Diseño libros fotográficos para contar nuestra historia. El último editado es *Super brothers in action*, con fotografías aventureras de mis retoños cuando eran pequeños.

A todos en casa nos ha gustado mucho, mis hijos lo ven y se ríen con sus propias ocurrencias escritas con las fotos. Lo tenemos en exhibición en la mesita del salón, ellos lo muestran con orgullo y yo me derrito de amor, como mi mamá.

Rebajas

Salgo a vagabundear un rato por las calles de Santiago. Desde la acera, el escaparate de una tienda en rebajas me tienta a entrar. En la puerta está un niño despatarrado y aburrido obligando a los clientes a dar una larga zancada al entrar.

Cualquier gallinero está más ordenado que la tienda: ropa tirada por doquier, mesones de pantalones revueltos a 8.99. Entre tanta confusión, el mismo pantalón es asido por dos personas al mismo tiempo, perchas esparcidas en el suelo como una pista de carreras de obstáculos. Ante la histeria colectiva, las vendedoras tienen cara de repetirse un mantra para no enloquecer acomodando la ropa que en segundos volverá a estar desdoblada sin misericordia.

Por el altavoz animan el local con un reguetón, el cantante es un hombre enamorado chantajeado por el movimiento sensual de las caderas al bailar de la mujer que ama. A mi alrededor veo maridos con el ceño fruncido haciendo de percheros, novios en la zona del probador esperando con emoción cuando la cortina se abre y sus chicas les preguntan cómo les queda el escote de moda, bebés en sus carritos recordándoles a sus madres con enérgicos pataleos la hora del biberón. Un chico joven enfundado en unos vaqueros pitillos al estilo Joey Ramones, le pregunta con inseguridad a la vendedora si no estará muy ajustado, se le marca hasta el alma.

Me divierto con el apartado de ropa *kitsch*, brillos, pelos y *animal print*: vestidos ajustados de lentejuelas y abrigos con pintas de leopardo nunca han sido de mi agrado, me recuerdan más una fiesta hortera que a la elegancia. Aunque debo confesar que, víctima de la moda, días atrás me he comprado unas zapatillas plomizas metalizadas que Robocop usaría encantado. Arrepentida, solo las uso para caminar hasta las clases de yoga.

Nada en la tienda me gusta hasta que veo un jersey de diseño gastado, envejecido, roto. Me enamoro de él porque es imposible que no se me salga el estilo *grunge* veinteañero esfumado por la edad, pero que siempre vuelve como una reminiscencia de aquellos intensos años en los cuales creía que mi vida sería una carrera de aventuras y desenfreno. Y aquí estoy, sola, frente al espejo de un probador con esa luz cenital señalándome sin piedad el paso del tiempo, apurando los sueños por cumplir. Me queda bien, a pesar de que ese foco en lo alto diga lo contrario, la luz de los probadores son un atentado a la autoestima. Los fotógrafos sabemos que una luz arriba, directa, hace estragos en cualquier rostro. Es tan siniestra como la monotonía.

Al final compro el jersey a un precio casi regalado. En la puerta están dos ancianas con los brazos enredados, apoyándose mutuamente para hacer el paso más firme, una le dice a la otra: «Entremos aquí, a ver qué hay para nosotras».

Sigo el camino con la bolsa en la mano, ahora me llama un café.

Superluna

La superluna me ha traído un poquito de inspiración. Se había marchado sin avisarme, dejándome a solas con las preocupaciones y los avatares diarios, pero ha vuelto gracias a mi pasión por el cielo. Me gustan las nubes, los atardeceres, las estrellas, las rayas que dejan los aviones pintando el celeste... Lo primero que hago por las mañanas al abrir las persianas es mirar cómo está el lienzo donde se pinta el cielo a diario.

Esta semana he estado eufórica esperando a la superluna, la más grande desde hace setenta años. Me encanta esperar con entusiasmo estos espectáculos celestiales. Desde que vi la predicción atmosférica anunciando cielos despejados que permitirían ver el satélite terrestre cerquita, comencé a prepararme. En Galicia son poco visibles, porque el cielo está encapotado la mayor parte del año. Esta vez era una oportunidad única.

Me hice fan de las superlunas, la lluvia de meteoritos, y toda clase de fenómenos astronómicos, desde que por allá en el siglo pasado presencié un eclipse total de sol, una de las experiencias más sublimes en mi vida. En parte porque en mi tierra nos preparamos y lo celebramos como la gran boda del siglo: el sol y la luna se abrazaron un 26 de febrero de 1998, declarado día festivo en todo el territorio nacional, porque si una cosa tenemos los caribeños es convertir un suceso inusual en un pretexto para montar una fiesta. El eclipse fue un acontecimiento tan esperado como la elección de la Miss Venezuela.

Para observar el eclipse nos reunimos familias y amigos. Las plazas de la ciudad se llenaron de gente para festejar el acontecimiento en grupo. Ese día todo se trastocó, en algunas zonas el alumbrado público se encendió de pronto, los perros y los pájaros se fueron a dormir con el anochecer prematuro, y despertaron en la breve penumbra desconcertados con los gritos y los aplausos de toda la ciudad en júbilo. Recuerdo las «sombras volantes», esas franjas de luz y sombra que aparecen durante los eclipses regando por todos lados pedacitos de lunas menguantes. Inolvidable.

Así que ayer fue una ocasión especial para desempolvar el telescopio. La última vez lo habíamos usado para ver a Júpiter que en esa ocasión era visible a ojo pelao por los terrestres. Yo, con anterioridad a estos fenómenos, empiezo a entusiasmar a la familia y a preparar la logística: cámaras, libros de astronomía, aplicaciones de mapas celestiales, abrigos, bocatas... y si pudiera poner globos pintados de planetas en el techo del coche anunciando la actividad astronómica e invitando gente lo haría. En esa ocasión nos fuimos a un descampado en las afueras de la ciudad para ver si podíamos también observar a alguno de sus satélites. Cuando llegamos, mi marido se dio cuenta que había olvidado el trípode del telescopio. En ese momento tuve deseos intensos de enviarlo directo a Júpiter para que la gravedad del planeta lo convirtiera en un reptil y se quedara pegado a él para siempre. Terminamos resignados comiéndonos los bocatas dentro del coche mirando aquel puntito en el firmamento llamado planeta.

No se me volvería a chafar la fiesta de esa manera otra vez. Desde antes del atardecer puse todo a punto para esperar la superluna y poder fotografiarla en todo su esplendor. Y así fue, se veía tan brillante a través del telescopio que nuestras pupilas se enloquecían en cada observación, acoplé como pude la cámara compacta en el visor del telescopio para tener un recuerdo del día en el cual la luna nos miró a 356.511 kilómetros de la Tierra desde esa posición que los científicos han llamado perigeo. He querido guardar esa luna cascabelera de queso o de pan, como decía aquella canción de mi niñez.

Mientras la observaba pensé en todos los mitos que se han dicho sobre la influencia de ella en nuestras vidas, las canciones que se le han dedicado, el significado romántico de mirarla fundidos en un abrazo de enamorados, la relación de sus fases con la psicosis, con los hombres lobos... La única certeza nos la cuentan las mareas.

Cada cultura le otorga una leyenda mágica, porque al final como leí por ahí «sin la poesía la luna solo es la luna».

Súbete a mi moto

Paso día y noche corriendo por ti, en mi moto doy mil vueltas a tu casa buscando ser feliz... Hace más de una semana que tengo esta cancioncita pegada en mi cabeza y todo por culpa de un vídeo de YouTube que me han enviado desde el otro lado del atlántico: el de cinco cincuentones bailando como muchachitos y cantando canciones románticas de escolares. Cinco señores para escoger, con tripita o sin ella, con pelo o calvo, con cuerpo atlético o con canas, en un reencuentro musical en donde vuelvo a soñar. Si eres hombre, pero no latinoamericano, ni tienes una hermana no sabrás de lo que hablo. Mi marido entra en el estudio atraído por la ridiculez de la canción *Súbete a mi moto* y nota mi cara de boba frente a la pantalla del ordenador viendo el vídeo y cantando. Me pregunta con asombro: «Pero ¿qué haces?». Y me suelto a contarle esa parte de mi vida desconocida para él con emoción de fanática.

Tenía nueve años cuando se desató la locura colectiva entre las niñas latinoamericanas. Cinco púberes puertorriqueños enfundados en brillantes licras ajustadas que cantaban canciones acerca de besos, piernas bonitas y motos veloces, desataron unos de los movimientos de masa más grandes del siglo XX, de esos que mueven las emociones y arrastran fanáticas histéricas y lloronas, tipo seguidoras de los Beatles con una estrategia de *marketing* sin igual.

El grupo Menudo, ¿qué cuarentona latinoamericana no se acuerda de ellos? Hubo una época de mi vida infantil, tan bonita como tonta, en la cual la pandillita de amiguitas de mi barrio vivíamos en exclusividad para los Menudo. Tardes enteras frente a una televisión y un betamax con grabaciones de sus actuaciones que rebobinábamos y pausábamos una y otra vez para aprendernos de memorias sus coreografías. René, Ricky, Xavier, Miguel y Johnny eran el amor platónico de las niñas y los más odiados por los niños del continente donde nací. Mi hermano mayor, que por aquel entonces no podía comprender la estupidez en la cual había sido absorbida su querida hermanita, lo llevó en un ataque de odio a pintarle bigotes y dientes negros a un póster de los Menudo tamaño gigante que yo tenía cubriendo media pared de mi habitación. Ese día quedé sin lágrimas al ver a mis ídolos maltrechos, burlados por un familiar.

Si Menudo existiera en esta época donde predomina lo políticamente correcto, los psicólogos infantiles pegarían el grito al cielo y las consultas se llenarían de madres acudiendo con niñas poseídas por canciones como su famoso *hit: Fuego*. Camisetas, revistas, películas, fotonovelas, bolsos, clubes de fans invadieron el mercado. Los clubes de fans merecen mención aparte porque podían registrarse oficialmente. El nuestro era «Los caramelos de Menudo». Nos juntábamos para cantar, bailar y diseñar el uniforme que usaríamos para asistir a sus conciertos, siempre patrocinados por Gelatina Royal. Los Menudo llenaban estadios de niñas acompañadas de papás atormentados por los gritos de una multitud infantil emocionada con verlos de cerca, por sentirlos de carne y hueso.

A mí, desde menuda se me ha dado bien el género epistolar. En aquel tiempo pasé una semana escribiendo una carta de amor y de admiración pintada con corazones rojos y besos estampados con mi propia boca que envié a San Juan de Puerto Rico a la dirección que venía señalada en los casetes. Escribí un «río caudaloso de palabras amorosas» (así lo expresé en la carta, aún lo recuerdo) dirigidas en especial a Miguel, el integrante por el cual yo estaba pirada. Para la sorpresa de toda la familia hubo respuesta. Estaba viendo la televisión cuando mi mamá entró en la habitación y me dijo: «Ve a ver lo que hay en el jardín». Ahí estaba un sobre con el logo de Menudo, traído desde la isla Boricua. No me lo podía creer, ¡me habían contestado!, fui feliz con la fotocopia de un mensaje idéntico que enviaban a todas las fans. Yo creí que era solo para mí, a pesar de la insistencia de mi hermano de intentar abrirme los ojos ante la realidad de una tinta de cartucho. Aún guardo la carta manoseada y amarillenta.

Y si menudo respondía cartas, ¿por qué no llamadas telefónicas? Y un día reunidas en nuestro club de fans en mi casa recibimos la llamada de Menudo. Hablamos con cada uno de sus integrantes, le cantamos nuestras canciones preferidas y establecimos con ellos una cita telefónica diaria. Moríamos de emoción, nos pellizcábamos para despertar de un sueño que solo duró unas semanas. Un día descubrimos que era un vacilón, San Juan se escuchaba muy cerca y empezamos a sospechar de la gran mentira, una broma que nos costó la inocencia. La mayor del grupo, con una amiga talentosa para la imitación de voces, nos estuvo engañando sin escrúpulos haciéndose pasar por los cantantes, nos sentimos mal y tristes y conocimos lo que duele la traición por primera vez en nuestras vidas. ¿Cómo era posible que una amiga nos hiciera esto?

Como no hay tontería que dure cien años y cuerpo que lo aguante, el fenómeno se fue desvaneciendo, pero no olvidando. Si has tenido un amor platónico, esto te lo puedo asegurar, te va a seguir gustando a los quince, a los veinte o a los cincuenta. Y si Menudo se reuniera a los ochenta años seguiríamos deseando subirnos a la parrilla de sus motos, «enamoriscándonos» con el mismo ímpetu de aquellos años 80, refugiándonos en sus letras simples, despreocupadas, desconectándonos por momentos de la realidad adulta al ritmo de *Ven Claridad*. Yo sería de las que se subiría al escenario con los años a cuestas a pellizcarle los michelines sexis a René.

Ese oscuro objeto de deseo

No voy a hablar de la película de Buñuel, de quien he tomado prestado el título o a revelar mi fetiche.

De lo que voy a hablar es del poder evocador del cine, de escenas que van a los sentimientos. Hoy quiero contar una pequeña anécdota relacionada con esto y con el «objeto de transición». El objeto de transición es aquel objeto a los cuales lo niños se apegan, puede ser un oso, una manta, una almohada... Lino, de Charlie Brown no abandona una frazada polvorienta que lleva a todas partes. Otro ejemplo es Hobbes, el inseparable tigre de Calvin del cómic de Bill Watterson, o el más famoso de todos, Woody, el simpático vaquerito de la película *Toy Story*.

Fue el psicoanalista Winicott quien elaboró una teoría sobre esta característica infantil. Los objetos transicionales cumplen una función emocional durante la etapa de desapego de la figura materna, esto explicado en términos populares. La teoría, como todo el psicoanálisis, es más enrevesada y para entenderla bien hay que sentarse con lupa a leerla.

Lo cierto es que mis hijos han tenido estos objetos. El mayor se apegó a un pato de colores del cual se antojó en una tienda de chinos y que dejamos abandonado en un taxi que nos llevó al aeropuerto a tomar un vuelo internacional. A los diez minutos del despegue se dio cuenta de la ausencia del pato, la pérdida se convirtió en una auténtica tragedia griega a bordo. Su llanto causó una turbulencia entre los pasajeros más emotivos que no paraban de hacer carantoñas y ofrecimientos para apagar el llanto de mi hijo. Lo calmé con la promesa de que el pato pronto viajaría en otro avión.

Mi hijo menor tiene un oso panda que de tanto uso ha pasado a ser gris y negro. Aunque ya tiene nueve años a veces lo desempolva para abrazarlo por las noches. Pandi se llama, y lo tiene desde los doce meses de edad. Hacía mucho que no se acordaba de él, hasta que vimos *Náufrago* la película protagonizada por Tom Hanks.

En casa solemos hacer sesiones de cine familiar invernal que incluyen un bol XXL de palomitas, Coca-Cola *light* sin cafeína, un sofá para todos y una manta por la cual nos peleamos cuando alguien de la familia tiene el atrevimiento de halarla de más para sí, dejando a los otros con los pies descubiertos. Yo casi siempre elijo las películas aprovechándome de mi estatus de mamá y de tener hermano cineasta, todas retro (es decir de mi tiempo) y apta para todos los públicos.

Un día escogí *Náufrago* porque a veces mis hijos me llaman para ver *Aventuras en pelotas* o *El último superviviente*, programas televisivos de moda sobre supervivencia, en donde enseñan que en toda selva, por más remota que sea, siempre te encontrarás una olla para hervir gusanitos comestibles y no languidecer. A ellos estos *realities* les encantan.

Bueno, pero a lo que voy. El pobre Tom Hanks, después de un accidente aéreo, se queda solo en una isla desierta, por suerte en el pacífico, con buen clima y palmeras ondeadas por el viento, de esas que todos queremos irnos cuando estamos estresados. De los objetos que llegan a la isla procedentes del avión siniestrado hay un balón de vóley de la marca Wilson. Para paliar la soledad, Tom decide hacerse amigo de la pelota, le pinta un rostro, habla con él, se ríe y también se enfada, es decir, se convierte en su «objeto de transición», su amigo imaginario. Cuando Tom Hanks, envalentonado, decide luchar por su vida, construye una balsa y se lanza al mar llevándose por supuesto a su inseparable amigo Wilson, pero entre el bamboleo de las mareas la pelota desinflada por las vicisitudes vividas en la isla se cae al mar y va alejándose mientras el protagonista llora y grita: «Wilsoooonnn». El balón se pierde en la inmensidad del océano; y es aquí donde empieza mi historia.

Mi hijo menor se tapa con la manta y se echa a llorar a moco tendido como Hanks. Cuando vi esta película en el cine de mi ciudad los espectadores se reían en esta escena, algo que explica la anarquía del carácter maracucho y su humor ácido. A mí me entró la risa en casa como buena madre maracucha que soy, mi marido me lanzó una mirada de reprobación por mi conducta nada maternal y entonces pasé a solidarizarme con mi hijo por aquello de no reírse de los sentimientos ajenos, como diría mi señora madre.

Terminada la película, me quedé pensando en la reacción de mi hijo ante una escena que para un adulto no tiene gran importancia, pero que para él fue muy emotiva. En su imaginación pensaba perder a Pandi en una circunstancia terrible, un oso de peluche que tiene un significado afectivo, su «objeto de transición» que se esfuma a los tres años, pero que pervive en los recuerdos. Nos aferramos a cosas materiales que nuestra memoria reaviva, yo soy una de las que tiene en un cajón lleno de tonterías difíciles de desprenderme de ellas porque me recuerdan épocas de mi vida. Soy de una naturaleza nostálgica incorregible.

Siempre me he preguntado si serán conscientes los guionistas de los significados y de la identificación psicológica que algunas escenas nos producen y nos alborotan las emociones para bien o para mal, o es el más profundo yo inocente de todo el que habla en el proceso de creación.

Sigo pensando en ello, no tengo la respuesta, pero por el momento les digo que ese sonriente oso que ilustra esta historia es Pandi, ¿quién no lloraría si se perdiera con lo mono que es?

Duros de matar

En mi ciudad natal había una sala de cine llamada Altamira, quedaba en un bajo de un edificio de quince plantas desalojadas en donde en un tiempo funcionaban las oficinas del Banco del Comercio, desaparecido a finales de los años 70. Cuando iba a ver alguna película en ese cine mi papá me decía: «Mira que ese cine se va a caer». Hasta la fecha no sé si eso del derrumbe inminente es una leyenda urbana, porque la última vez que fui a Maracaibo el edificio estaba igual que siempre: en pie. Con la llegada de los *malls* y sus multicines, El Altamira, como le conocíamos, cerró sus puertas para siempre.

Lo cierto es que era el cine de los sustos. Una noche viendo *Duro de matar*, justo en la escena donde un camión se volcaba y había un apocalipsis total con gasolina y explosiones por doquier, se cayó una pequeña parte del cielo raso del cine causando un moderado estruendo y a un espectador bromista se le ocurrió gritar: «El cine se está cayendo». En ese momento sí que empezó la acción en vivo y en directo. Salimos corriendo, saltando butacas, pensando que la profecía popular se cumplía. Una masa de gente asustada quedó amuñuñada en la puerta tratando de escapar de tres pedazos de techo falso que llovieron sobre unas butacas vacías, mientras un Bruce Willis aguerrido envuelto en una nube de pólvora se batía a tiros con una metralleta en su lucha contra el mal, acompañado de los alaridos reales de la audiencia en huida.

Quedamos en la calle con las piernas temblorosas, riéndonos con nervios, hasta que salió el acomodador, linterna en mano, para decirnos que se reanudaba la función después de inspeccionar el techo. Entramos de nuevo ya con el corazón apaciguado lamentándonos de las Coca-Colas y las palomitas abandonadas a su suerte con el pánico del aplastamiento y sintiéndonos inmortales como el protagonista de la película.

En otra oportunidad, mientras descubríamos el *carpe diem* y cuando se había desatado la lloradera colectiva con *El club de los poetas muertos*, una amenaza de fuego nos secó las lágrimas de golpe y acabó con la función. Se estaba incendiando el mercadito que quedaba en frente del edificio y el vigilante, sin considerar nuestra tristeza, gritó en medio de la película: «Se están quemando los carros». Salí con desorden, olvidando los simulacros de incendio que tanto hacían en el colegio para rescatar de las llamas, a mi viejo y fiel coche Chevette.

Y ya ni les cuento la sensación de ver *Sexto sentido*, (una de las películas más aterradoras que he visto) en ese cine en el cual uno sentía que en cualquier momento podía pasar al mismo lado del Dr. Malcom, el psicólogo que encarnaba esta vez Willis en el filme, pero las ganas de ver una película un sábado junto a los amigos podía más que las advertencias nunca certificadas de los bomberos y la de los padres preocupados.

Lo que la memoria idealiza

Fotografía: Marcos Míguez
Julio de 2015

Una tarde en la biblioteca, por mucho que intentara concentrarme en la lectura, no pude resistirme a la mala educación de escuchar una conversación ajena que tenían un puñado de abuelos en la mesa contigua. Un señor bastante viejo contaba unas historias dignas de un Indiana Jones gallego ante el asombro y la perplejidad de los oyentes.

Narraba sus aventuras en la selva a bordo de una lancha que lo transportaba a la construcción de una represa, acompañado de obreros borrachos que por más que la lancha se zarandeara no caían al río.

Graficó con sus manos el tamaño de los mosquitos de ese lugar y aseguró haber visto con sus propios ojos cómo las pirañas engullían en cuestión de segundos a una vaca. Habló de los sembradíos inmensos y de la pena que sentía al ver cómo los desbarataban con la construcción de carreteras. Supe que sus aventuras transcurrían en Venezuela cuando nombró el río infectado de peces carnívoros, el Orinoco.

Me hizo recordar las historias que me contaba mi padre de las travesías que lo llevaban junto a hombres de otras nacionalidades a las plataformas petroleras, a través de un lago de Maracaibo enfurecido con la madrugada que hacía llorar a los hombres de nostalgia y de miedo con el bamboleo violento de las mareas. Allí aprendió a saludar en idiomas tan dispares como el goajiro, el italiano o el alemán.

Una amiga venezolana me contó que en una parada de autobús conoció a una mujer gallega que había sido la cocinera de Arturo Uslar Pietri en su casa de Caracas. Adaptaba los menús de esta tierra al calor del trópico. Sabía cuál era el plato preferido del escritor y de amigos que frecuentaban su casa como lo eran Carlos Andrés Pérez, Luis Herrera Campins o Teodoro Petkoff, en el tiempo en que hombres y mujeres de tendencias políticas diferentes podían compartir una cerveza sin insultarse. Fue una pena que la dejara escapar.

En una oportunidad saqué de la estantería de la biblioteca de un centro sociocultural un libro sobre la emigración gallega en Caracas de un autor desconocido. Cuando llegué al mostrador con el carné, me dijo el bibliotecario: «Este señor viene a leer el periódico aquí y eres la única persona que se ha llevado su libro, seguro le gustaría saber que tiene una lectora, tiene noventa años». El libro estaba lleno de nostalgia de su tiempo de profesor universitario en Caracas.

Leo en *La Voz de Galicia* la emotiva noticia que reúne, cincuenta y cinco años después y en el mismo lugar, al fotógrafo Alberto Martí con los protagonistas de su icónica imagen de la emigración gallega: «Nenos que perderon o barco. Máis tarde embarcaron no porto de Vigo. A Coruña, 1960», de su serie «Os adeuses», donde aparecen dos niños, uno de ellos sentado en una valija en el puerto de La Coruña antes de partir a Venezuela.

Miro la foto con detenimiento, esta vez tomada por el fotógrafo Marcos Míguez, la misma que ilustra este texto y pienso en las historias que deben atesorar estos hombres, relatos que escucharía con enorme gusto, porque los emigrantes gallegos que vivieron en mi país, con sus palabras me consuelan con un país que la memoria idealiza.

El mismo día que escribí esto, fui con unos amigos a tomar una tapa en un bar del centro de Santiago. Estamos de pie en la barra conversando con el camarero, cuando giro y veo la mítica foto de la emigración gallega ampliada, enmarcada, colgada en la pared y le digo: «¡Qué casualidad, esa foto salió hoy en *La Voz de Galicia*!», y me dice: «El chico sentado en la maleta es el suegro del dueño del bar». Y seguimos conversando un buen rato.

El mundo, aunque seamos muchos más, sigue siendo un pañuelo.

El tiempo nuestro de cada día

El mal tiempo es una novedad en el lugar de donde vengo. Tenemos al año tres mil doscientas ochenta y cuatro horas de sol de los que parten piedras. Cuando era chavala y mi padre veía enfundándome las sandalias de diez centímetros de tacón para salir de fiesta, me preguntaba, cuando el cielo nos amenazaba con su primer trueno: «¿Y vos vais a salir con lo que viene ahí?», señalando la tempestad, en parte porque la lluvia a los caribeños nos adormece el ánimo y mi ciudad natal es un caos cuando llueve.

Nunca había conversado sobre el tiempo, bueno, a veces. En mi vida pasada me quejaba del calor con mis compatriotas, o del sol ardiente que parece penetrarte por los poros y quemarte hasta el alma, un sol picante decimos allá, o alguna u otra vez se desprendía un diluvio bíblico colapsando todo y se volvía *trending topic* como diríamos en esta época. Pero hablar aquí del tiempo es un tema socorrido que hasta le coges el gustito. En Galicia hay más de cien términos para referirse a la lluvia, todos ellos muy poéticos. Yo antes solo conocía los básicos y después de tantos años aquí me he enterado de que la lluvia fina, por ejemplo, es un *froallo*, o a un aguacero intenso se le llama *chaparrada*. Si la película *Take Shelter* se hubiese filmado en Galicia, Curtis Laforche se construiría ese refugio para protegerse de la chaparrada apocalíptica gallega.

Hay un término (este es nacional y de rigor científico) que a mí me encanta: «ciclogénesis explosiva» para referirse a una borrasca que se forma rápido y explota lanzando agua a mansalva, un «pronto» del clima.

Hablar del tiempo es un arma poderosa que vale para hacer amigos, para romper silencios incómodos con los vecinos en el ascensor, para que la espera no sea aburrida y, en los mejores casos, puede ser la chispa de una conversación para encender la llama del amor.

Y aunque es un tema banal sirve para entender el ánimo y la actitud de la gente. Los más pesimistas se derrumban con los días casi infinitos de lluvia y cielos grises. Los optimistas conservan su sonrisa a pesar de que estén cayendo «chuzos de punta». Somos así, «seres hechos de tiempo», es una verdad absoluta cómo el clima moldea la personalidad. Los procedentes de tierras calientes lo sabemos muy bien. La falta de luz solar afecta mi biología, he estudiado con cuidado la relación entre la luz y la producción de serotonina, porque eso de andar cabizbaja, sin ánimos y durmiendo a retazos como que no, entonces busco otras fuentes del neurotransmisor de la felicidad, hacer ejercicio físico a diario y las sobredosis de Nutella a cucharadas soperas sin posterior arrepentimiento son mi Prozac.

Pero hay que ver cuando sale el sol, estamos todos como recién enamorados después de descubrirse la piel: irradiamos felicidad.

Santiago celebra el sol. El vendedor que en un día gris te atendió malhumorado, un día brillante te regala su mejor sonrisa, el chofer del autobús que en el trayecto con nubarrones tiene la cara de un suicida, te contesta los buenos días con alegría.

En un día soleado todos hemos recibido nuestro chute de serotonina y se nota.

Nuestro amigo Tortica

A Edwin por siempre

Nuestro amigo Tortica fue un amigo especial. Le llamábamos Tortica por una historia graciosa pero muy larga de contar, eso sí, Tortica con cariño y a él le gustaba.

Tortica era un gordito guapísimo, tenía un pelo que se prestaba para cualquier peinado: corto pincho, Chanel, largo con coleta, tipo totuma, etcétera.

Su rostro se parecía a aquel galán de telenovelas venezolanas del cual no recuerdo su nombre, pero que una vez caracterizó a un personaje llamado Macuto. Y una vez vimos le vimos el culo a Macuto. Fue un día caluroso en el Paseo del Lago.

La pandilla entera de amigos inventó, un domingo de esos que uno se aburre en grupo, ir al Paseo del Lago a jugar voleibol. Los muchachos, como buenos adolescentes tardíos, cuando Tortica iba caminando desprevenido, le bajaron los *shores* con todo y ropa interior, dejando sus nalgas al aire, que animaron a un grupo apagado por el calor.

Y es que no he conocido a nadie con mejor talante para las bromas que nuestro amigo Tortica.

Sentía pasión por los motores. A él le gustaba pasearnos en diferentes carros: el súper automóvil último modelo de su tío adinerado en el cual nos dio una vuelta hasta el Puente Rafael

Urdaneta a gran velocidad para susto de todos, mientras nos explicaba la aerodinámica del carro y las pruebas que hacían antes de sacarlo al mercado, razón por la cual no sentíamos la rapidez (pero sí el peligro). El Ford Cougar de su padrastro, bendecido con estampitas de José Gregorio y, por último, en su flamante camioneta: una Ford ranchera que apodamos la Muñeca, en la cual cabíamos todos en los viajes a la playa.

Tortica era único, su visión de la vida era simple pero acertada. Fue un excelente amigo, muchas veces me prestó su hombro para llorar amores juveniles no correspondidos, le encantaba darme buenos consejos mientras se fumaba un cigarrito en el porche de mi casa, en las noches frescas de Maracaibo, cuando el sonido de las matas de mango movidas por el viento acompañaba las conversaciones. Estaba conmigo en las buenas y en las malas.

Con la responsabilidad que implica crecer, el grupo de amigos se fue desperdigando, a tres de sus componentes el destino nos mandó directo a España.

El último cumpleaños que celebramos fue en su habitación. Enrique y yo le llevamos una torta a la cama porque estaba enfermo de un dolor de barriga, según los médicos a causa del estreñimiento. El día antes de venirme a España se despidió con cariño de mí para siempre. Cuatro meses después, Tortica murió de un cáncer fulminante.

No lo recuerdo con tristeza, más bien con alegría, con sus pantalones cortos blancos, en chanclas, con el cigarrito en la mano subiendo la calle de mi casa para decirme un adiós cuando doblaba la esquina.

Se fue debiéndonos aquel porfiado experimento: según él se podía apagar un cigarrillo en una palangana llena de gasolina. Por eso no apagaba los cigarros en las gasolineras a pesar de la súplica de todos los que quedábamos dentro de la Muñeca escuchando a Soda Stereo.

Pequeño homenaje a un vecino

Silfredo era el vecino de mis padres desde siempre en Maracaibo. Era un hombre feliz que enseñaba su diente de oro con su frecuente sonrisa. Adeco de corazón y convicción. Le gustaban las Águilas del Zulia y conversar, pero su pasión fueron los gallos. Tenía un montón de ellos en el patio de su casa que nos despertaban cada mañana con sus cantares.

Las gallinas con los peligros cacareaban a todo pulmón. Nadie sabía el porqué de tanta colección de aves; hasta que un día mi hermano, para entonces estudiante de periodismo, le hizo una entrevista para un periódico local. Silfredo contó con orgullo la ardua y delicada tarea que era preparar un gallo de pelea. Esa era su profesión, conocía el mundillo de las peleas como la palma de su mano.

También le gustaba bailar y lo hacía con maestría. La última vez que lo escuché hablar fue cuando le hizo una visita a mi padre que estaba enfermo. Hablaban del corazón y cómo cuidarlo, arrastraba dos anginas de pecho.

Contó que había ido a una fiesta en donde estaba una muchacha que bailaba mucho y bien; y a él se le movían los pies solos. Tenía unas enormes ganas de mover el esqueleto, pero se acordó de Hernán otro vecino que murió infartado bailando un alegre vallenato años atrás, entonces le temblaron las carnes al pensar en la muerte.

En la conversación, mi padre relató que había bailado la «hora loca» en el matrimonio de un sobrino y mi madre, asustada, recordando también a Hernán, lo obligó a sentarse con miedo a que cayera fulminado con tanta alegría y desparpajo en el cuerpo.

Disfrutaba atendiendo su pequeño abasto: refrescos y maltas frías eran la especialidad para los mediodías calientes, más porque se tomaban bien conversadas en pie allí en su tienda. De esta manera los vecinos se informaban de la actualidad de la política y de la urbanización en animadas tertulias.

A mi padre le gustaba comprar el pan y de paso también echar su conversadita. Mi hermano Luis le llamaba Silfre y le fiaba los cigarros que después mi madre con enfado debía pagar.

Yo a mis veinticinco años para él siempre fui la muchachita de «al lado» que una vez lo salvó de morir quemado. Lo desperté de una siesta profunda con un botellazo en la ventana que rompió los cristales mientras su cocina se incendiaba entre la gritería y el desespero de todos los vecinos.

Hace tres días, Silfredo murió a sus ochenta y tres años. Siempre le recordaré con mucho cariño sentado en el frente de su casa, cogiendo el fresquito de la tarde mientras vigilaba el juego de sus nietos.

Aroma de madre

La nostalgia también es una cuestión de paladar y de afectos. Cuando encuentro en un supermercado cilantro, me voy a casa con las ramitas bien apretadas en la mano y la sonrisa de quien ha encontrado un tesoro. Un tesoro que sabe a mi mamá.

Con el primer hervor de la sopa agrego el cilantro y la cocina se impregna de esa especia que me lleva a la sazón de mi madre, al recuerdo de sus sopas nutritivas de las que en mi tierra se dicen que levantan muertos y avispan borrachos.

Cuando regreso a la casa de mi infancia quisiera volver a sentir la calidez de sus brazos, el tiempo casi infinito de nuestras conversaciones acompañadas de su café colado, y de todos sus platos condimentados con esas ramitas de cilantro cortadas con el cariño que solo una madre sabe ofrecer.

En esta latitud en la cual ella ya no está, cierro los ojos e inspiro el aroma de mi mamá.

La filosofía de Daniel

Daniel, mi amigo de la facultad, era estudiante de filosofía, aspirante a escritor y entusiasta de cambiar el mundo.

Lo conocí en el bus gratuito de la universidad. Venía a mi lado en uno de los recorridos donde los estudiantes íbamos apretujados ahogados de calor. Yo iba cargada de mis pinturas para la clase de expresión plástica infantil y sin saberlo le volqué un bote de pintura roja en su pantalón que chorreaba desde la mochila apoyada en mis piernas. Exclamé de estupefacción, él se asustó bastante con la hemorragia falsa de nuestros pantalones. Quise remediarlo suplicando que me llevaba sus pantalones para lavarlos en casa, que le dejaba uno de mi papá, que irse en ropa interior no era tan grave. Así, entre el accidente y las risas surgió la amistad.

Me esperaba en la cafetería para desayunar después de sus clases de humanismo y democracia entusiasmado, cargado de sueños imposibles y de su libreta de espiral amarillenta por el manoseo en donde garabateaba sus historias. Me gustaba descifrar sus relatos con su caligrafía desordenada donde las «a» se confundían con las «u», mientras él en silencio se tomaba el café con leche sin azúcar de todas las mañanas, esperando nervioso mi veredicto. Sus historias estaban invadidas por su propio aire melancólico y nunca tenían un final feliz, como fue su propia vida.

Abandonó la carrera en el tercer año por un amor desagradecido que de un solo latigazo le hizo renunciar a todas las cuestiones filosóficas que guiaban su vida, a su poesía y a mi papel de jovencísima crítica literaria sin más fundamento que opinar si me gustaban o no sus escritos.

A Daniel le perdí la pista, pero supe que no le fue bien, me quedé para siempre con el comienzo de una de sus historias escritas en la servilleta de una mañana nublada con un lápiz entristecido, un café desabrido y como un presagio de lo que le iba a suceder: «Y allí estaba ella, empujándome al precipicio que era su mirada».

Vainilla soviética

En Maracaibo, en los años ochenta, había un heladero (*polero* en el argot maracucho) que me producía escalofríos con su *marketing* de ventas.

Debo decirles que nunca lo vi, desconozco su apariencia, no sé qué sabores tenían sus helados, si vendía en un camioncito al estilo gringo o si era un vendedor ambulante que empujaba un carro de madera con un cajón metálico lleno de hielo seco y barquillas de vainilla, fresa y chocolate. Solo tengo el recuerdo de su «jingle», tan efectivo y memorable como puede ser la cancioncita del Mercadona.

El heladero anunciaba la llegada a la urbanización con una canción triste y extraña para una ciudad caribeña acostumbrada al golpe alegre del tambor y la charrasca.

Su tema publicitario, grabado de un vinilo rasguñado que gritaba un altavoz barato, me entristecía los atardeceres. Para mí su producto no eran los helados, aquel hombre vendía tristeza sabor a vainilla soviética a dos bolívares la ración.

Hoy en día sería un pionero del *marketing*: aleja la tristeza con un uno de mis helados. Efectivo, cuando nos sentimos abatidos el cuerpo nos pide dulces.

Su *jingle* era *Katyusha*, una canción soviética de tiempos de la II Guerra Mundial.

Vacaciones medievales

Una vez, en unas vacaciones de verano, alquilamos a través de Airbnb una casa medieval a precio de ganga en Santa Coloma de Queralt. Hacíamos una parada para descansar y solo íbamos a estar un día. Mis hijos estaban en desacuerdo porque ya saben, a los chavales les gusta «lo moderno». Mi ilusión de dormir en la edad media era muy grande como para dejármela arrebatar por las protestas de muchachos consentidos, así que hicimos la reserva.

La casa quedaba al lado de un palacete en el casco histórico de la ciudad que abarcaba media cuadra y en donde vivía su dueña, que con amabilidad nos entregó una pesada llave de hierro. La vivienda estaba muy bien cuidada, conservaba su arquitectura original con pocas reformas, apenas contaba con la adaptación de las comodidades de nuestro tiempo (agua, luz, ducha). Era estrecha y austera, cabían los muebles justos. Minimalista, como decimos en este siglo.

En la primera planta tenía una modesta cocina decorada con algunos utensilios de la época que respetaba la auténtica. Un caldero de cobre reposaba sobre un fogón de leña, en la segunda un acogedor comedor que me hizo feliz el café del desayuno. La tercera y la cuarta estaban destinadas a las habitaciones sin lujos, esta última con un baño mínimo encajado a la fuerza. La piedra de sus paredes, el suelo rústico, la escalera, los listones de madera de su techo bajo que casi podía tocar y sus ventanas de dos puertas me tenían hipnotizada. Todo era historia.

Fui feliz asomada a la ventana creyendo ver pasar caballeros en sus corceles, mercaderes, artesanos y juglares caminando por calles polvorientas en medio de la algarabía de la mañana. A veces se detenían todos: pasaba la reina.

Estaba enamorada de la casita hasta que cayó la noche. Antes de irse a dormir a su aposento, mi hijo mayor me dijo: «¡Ay, mamá! ¡Cuánta gente debe haber muerto en esta casa! ¿Te imaginas? Guerras, tifus, la peste negra, ejecuciones...».

En un santiamén acabó con mi idilio. Pasé del encanto al miedo rapidísimo.

¿Por qué los adolescentes son así?

Menos mal que crecen rápido.

Boleritos catastróficos

Cuando era niña, mi hermano mayor me hacía llorar con sus canciones. Él, que desde pequeño tuvo vena literaria, se inventaba unos temas musicales inspirados en Hansel y Gretel. Me cantaba unas baladas tristes donde me abandonaban sin zapatos en el bosque y me sucedían un montón de infortunios: osos a punto de comerme, frío, tormentas eléctricas, hambre y noches solitarias en tinieblas.

Mientras más lloraba, él se retorcía de la risa e iba agregando desdichas que aumentaban mis lágrimas, y aunque tengo un vago recuerdo de sus letras (tendría apenas como cuatro años), sí me viene a la memoria la sensación de soledad y desamparo que sentía al escucharlo. Ese «waldeinsamkeit» que llaman los alemanes.

Al rato, alarmado con el llanto llegaba papá para acabar con la función. A mi hermano le reñía por cantar, censurándole con seriedad sus boleritos catastróficos, y a mí por hacerle caso. Así que caminar por los bosques gallegos, sentir el silencio en los días húmedos y fríos ya lo había vivido en mi infancia.

Por suerte, aquí con zapatos y sin osos.

A veces el amor es un lazo azul

Esta mañana, una pareja muy joven con un bebé subió con prisas al autobús.

La chica se recogió su pelo húmedo y alborotado en una coleta usando la mano a modo de peine. Revolvió el bolso y sacó una cinta azul.

Le pidió al chico que le hiciera un lazo alrededor de la coleta. Él intentó uno con torpeza, no le gustó, lo desató inconforme.

Con más esmero hizo otro, lo jaló de un lado y del otro buscando simetría. Le quedó bonito, paradito. Cogió el móvil de su bolsillo y tomó una foto al peinado adornado con el lazo. Se la enseñó, ella lo aprobó. Sonrió complacida.

Luego miraron al niño que dormía en una mochila portabebé en el regazo de él.

A veces el amor es que te hagan un lazo azul.

Sin jubilados no hay obras

Mi hermano Carlos me contó que cuando va de camino al estudio donde trabaja, se queda embelesado mirando las obras de construcción que encuentra a su paso. Algunas ponen en jaque su puntualidad. Ya está en la edad en la cual la transformación de un terreno se convierte en un suceso apasionante.

Siempre me ha llamado la atención ver a grupos de hombres mayores observando durante horas la construcción de un *parking* subterráneo, el derribo de una casa, la reparación de una tubería, el vaciado del hormigón.

Me asombra cómo se saltan la censura cuando abren agujeros en el plástico de las vallas de seguridad para mirar. Nada les impide ese momento de placer.

Recuerdo una vez que estaba paseando con mi hijo Lucas cuando era pequeño. Se interesó por una obra, me detuve y aparqué el carrito de bebé al lado de los jubilados que estaban entregados con las manos entrelazadas detrás, a la contemplación de las máquinas en funcionamiento.

Cuando decidí que era el momento de marcharnos, comenzó a llorar y un abuelo que tenía al lado me regañó con impaciencia: «¡Pero, *muller*!, no te lo lleves aún, ¿no ves que le gusta?, déjalo, ¿qué tanta prisa llevas?».

El abuelo me dejó sin palabras. Obedecí. Me quedé resignada a ver cómo una grúa subía unas vigas inmensas a la cumbre de una edificación.

Confieso que cuando veo a unos obreros dentro de una alcantarilla, me dan ganas de gritarles como Miguelito en una de las tiras de Mafalda: «Pierden su tiempo; ahí tampoco está la felicidad».

O quizás sí y no lo sabemos.

Sueños

Anoche soñé que visitaba una pequeña ciudad de nombre Merea. Era una mezcla de Cuenca, Mojácar y Coro. Quedaba al borde del mar y hacía una brisa sabrosa. El cielo estaba clarito. Sus pobladores eran de una gentileza inimaginable. Por sus calles andaban muchachas alegres con faldas de flores.

Celebraban la fiesta del dragón. La tradición consistía en pintar grandes peces grises de colores brillantes, que los hombres traían a hombros desde el mar en una alocada carrera para exhibirlos pintados en la plaza de la ciudad. Los peces no morían fuera del agua, estaban quietos, pero de vez en cuando saltaban asustando a la gente que se acercaba a verlos. Un anciano quiso regalarme un pez verde pintado de dragón que silbaba. A pesar de gustarme mucho lo rechacé con amabilidad, pesaba más que yo.

Anochecía y tenía que irme. El mar ya no estaba, la ciudad ahora era la punta de una montaña. Bajé una carretera en forma de escalera de caracol, fue difícil y peligroso conducir, me temblaban las piernas. Iba en el Chevette rojo que tenía en Maracaibo.

Lejos de ella, me prometí volver.

Volver a esas noches de soñar bonito.

Animales imposibles

De niña quería tener caballitos de mar. Soñaba con decenas de ellos en la pequeña pecera que teníamos en casa. Le rogaba a mi papá que me los comprara, ignorando su reiterada explicación de que vivían en el agua salada. Cuando mi papá y mi hermano volvían de la tienda de peces sin los caballitos me decía: «Están agotados, siempre traen poquitos».

Cuando se me pasó la ventolera de los caballitos de mar, le pedía un oso hormiguero, quería que fuera al monte a buscar uno. Mi viejo me quitaba la idea diciéndome: «Aquí en casa hay poquitas hormigas y ese animal necesita comer millones pa' quedar lleno, no pidas animales imposibles».

Así que siempre tuvimos perros, pero a mi hermano una vez le dio por tener arañas y domesticar orugas para convertirlas en trapecistas y exhibirlas en un circo que armó en el patio de la casa de mis padres.

El espectáculo consistía en unas orugas que se balanceaban por encima de las cabezas de los asistentes en pequeños trapecios hechos de palos e hilos de lana.

Al finalizar, los niños podían ver de cerca a las orugas en sus jaulas. Unos habitáculos de lego que mi hermano construyó para los actores.

Mi familia sería famosa si mi tía nos hubiese prestado para las funciones a Papucho, un primo que echaba chispas.

Se cargaba tanto de electricidad estática que era una bengala viviente.

Sombras juveniles

Cuando tenía veinte años me gustaba ir al mercado de los corotos de mi ciudad natal, una venta informal de cosas usadas que en un momento dado a la gente les estorbaba en sus casas. Mercadillo de segunda mano, le dicen aquí. Bueno, en unas de mis visitas a él, compré una lámpara de pie de los años 40. No era más que un cilindro hecho de hojalata de setenta centímetros de alto y treinta de diámetro con una bombilla «pelada» arriba, es decir, sin pantalla.

Para que tengan una idea era como una lata de refresco gigante. Lo que me cautivó del artefacto fueron las ilustraciones publicitarias de la época con chicas *pin-up* estampadas en él. Volví a casa cargando feliz y enamorada de aquel trasto viejo que daba luz. Siempre he amado el *vintage*, que ahora a mi edad lo es casi todo. Puse la lámpara en el suelo, en una esquina de mi habitación con una bombilla de una barbaridad de vatios. La luz proyectaba unas sombras duras y extrañas, en especial las aspas del ventilador de techo que hacían un efecto de movimiento.

Yo estaba acostumbrada a leer por las noches en la cama con esa atmósfera lumínica, pero mi hermano mayor entraba en la habitación y me decía «me siento en una película del expresionismo alemán».

Cuando entra la luz del atardecer invernal por el salón me recuerda aquellas sombras de mi habitación juvenil.

¿A qué huelen los recuerdos?

Mi ciudad natal queda a orillas del lago de Maracaibo, un lago inmenso que los marabinos asumen como si fuera el mar.

Tiene una boca de Mar Caribe de donde toma prestado su olor que, en los meses de tardes frescas, la brisa riega con desorden por la ciudad. Cuando ese aroma invade las calles, la gente dice: «Está revuelto el lago».

Como mi sentido del olfato es casi un superpoder, algunos días de viento y lluvia, al llegar la calma, he sentido esa fragancia en Santiago a pesar de que el mar queda a cuarenta kilómetros si uno se dirige a las Rías Altas por el norte. En ese instante inhalo con fuerza y digo: «Está revuelta la ría». Enseguida me entra la «morriña» de mi antigua vida tropical.

Y es que nadie puede dudar del poder evocador de un olor. Las fragancias desencadenan recuerdos. Es percibir un olor en particular y transportarse a la infancia, a un lugar, a una época...

Esa poesía de esencias y evocación tiene su explicación. Según leí hace tiempo, se debe a que la información que se recibe a través del olfato va directo al bulbo olfatorio, y de este a la amígdala, una parte del sistema límbico responsable de la estructuración de la memoria y del control de las emociones. Por ello, los aromas disparan recuerdos y afectan las emociones: pueden producir un estado de relajación, de alegría o tristeza, según sea la experiencia del portador de la nariz.

Yo soy de las que tiene una lista larga de olores y recuerdos. Por ejemplo, el cilantro me recuerda a la cocina de mi madre ausente, a su sazón insuperable. El olor a tierra mojada a una tarde de prácticas de química en la secundaria, la barbacoa a los domingos con mi padre, el curry huele a una bella Navidad en Lisboa (comimos en un restaurante indio que perfumaba una calle completa).

Nací nostálgica y con olfato de perro. A decir verdad, no sé si eso es bueno o malo.

¿Has pensado alguna vez qué te cuenta tu nariz?

Vade retro, diablo okupa

Esa casa de la foto que está pintada con esos simpáticos gatitos pintados en el muro queda en mi ciudad natal, Maracaibo.

Es fea, insignificante y arquitectónicamente no dice ni pío. ¿Y qué me hace hablar de ella?, se estarán preguntando, la respuesta es porque está maldita y al parecer por siempre.

Cuenta la leyenda que entre sus paredes hubo un exorcismo tan feroz que el cura murió en el acto y el diablo se adueñó del lugar.

Nadie desde entonces se ha atrevido a «okuparla», está tapiada con un trabajo de albañilería digno de premio, no hay rendija por la cual el demonio pueda escaparse. Algunos maracuchos dicen que un escalofrío te recorre la espalda si caminas cerca de ella.

En un tiempo, pese a las advertencias, fue sede del partido Acción Democrática y, según cuentan, ocurrían cosas raras: se perdían los documentos importantes y aparecían en lugares insólitos. A veces amanecían desperdigados por el suelo como si una brisa interna los sacara de los cajones. Dicen que tanto desorden les hizo perder las elecciones porque el demonio con sus maldades atormentaba a los jefes de campaña, ocupados más en cuestiones diabólicas que en la política. Los adecos huyeron despavoridos, no se podía trabajar más con los pelos de punta, y desde entonces la casa permanece sellada.

La verdad es que no sé cuál es el origen de la leyenda urbana. Pasé por ahí en mi último viaje a Maracaibo y la miré como siempre lo hice cuando vivía ahí, con gran curiosidad. Me sacó una sonrisa porque son de las pocas cosas físicas que han quedado igual desde que me fui. La ciudad es otra, ya no es la misma donde me crié. Está abandonada, casi inhabitable por la situación política, pero nos quedan los afectos y las historias.

Eso nunca nos los podrán arrebatar.

Este libro se terminó de editar en Granada
en marzo de 2026 por

Aliarediciones

www.aliarediciones.es

info@aliarediciones.es